Franz Kafka
Das erzählerische Werk

100 YEARS

地洞

卡夫卡小说全集（纪念版）

［奥］弗兰茨·卡夫卡 著
叶廷芳 等译

人民文学出版社
PEOPLE'S LITERATURE PUBLISHING HOUSE

INHALT
目　次

〔一只杂交动物〕001

〔一样每天都发生的事〕005

〔桑丘·潘沙〕009

〔塞壬的沉默〕011

〔普罗米修斯〕015

〔夜〕017

〔拒绝〕019

关于法律的问题 031

〔征兵〕037

〔海神波塞冬〕043

〔集体〕047

〔城徽〕051

〔舵手〕055

〔考验〕059

〔兀鹰〕063

〔小寓言〕067

〔陀螺〕069

〔出发〕073

〔辩护人〕075

〔荆棘丛〕081

〔一条狗的研究〕085

一个评语〔算了吧!〕153

〔论比喻〕155

夫妻 159

〔回家〕171

地洞 175

附录

致父亲的信 245

注:本书内容皆为卡夫卡生前未发表的作品。篇目中加六角括号者,原本没有标题,标题为后人所加。

Franz Kafka
Das erzählerische Werk

Der Bau

【一只杂交动物】

我养了一只奇怪的动物,半像小猫,半像羔羊。它是我从父亲手里继承来的,然而它可是在我手里才长成这个样子。以前它更多是羔羊而不是小猫,现在二者却不相上下。它长着小猫的脑袋和爪子,大小和身材却像羔羊。那对闪烁而温顺的眼睛,那身柔软而紧绷的毛皮,那一个个既像蹦蹦跳跳又似缓慢爬行的动作,二者平分秋色。在阳光照耀的窗户上,它蜷缩成一团,呼噜呼噜地叫着;而一到草地上,它便发疯似的活蹦乱跳,让人难以捉住;它一见猫就躲开,而看到羔羊就想突袭;月夜里,屋檐是它最喜欢走的道,它却不会喵喵叫,见了老鼠就恶心;它会在鸡舍旁一直埋伏好几个钟头,然而它从来还没有利用过一次谋杀的机会。我喂它甜蜜的牛奶,那是它最可口的食物。它大口大口地吮吸着,牛奶穿过它那食肉动物的牙齿流进肚里。当然喽,它是孩子们十分宠爱的观赏物。每逢星期六上午是观赏的时刻,我就把这小动物抱在怀里,左邻右舍的孩子们都来围着我。这时,他们便会提出各种各样稀奇古怪的问题,叫谁也无法答得上来。我也不去费那份心思,而是知道多少就说多少,一点也不多说。有时候,孩子们会带着小猫来,有一次甚至带来了两只羔羊。然而出乎他们意料的是,它们之间没有出现相互识别的情形;它们用动物的眼睛相安无事地打量着。显而易见,它们相互承认对方的存在是天经地义的事实。

在我的怀抱里,这小动物既不知道什么是害怕,也没有兴趣去扑捉。它偎依在我的怀里,觉得再舒心不过了。哪家养大了它,它就守着那家不舍。这肯定不是随便一种非凡的忠诚,而是一个动物真正的天性。它在这地球上虽说有无数的亲缘,但也许找不到一个亲近的血亲,因此,它在我们这里找到的庇护对它来说便是神圣的。有时候,见它围着我嗅来嗅去,一点儿也离不开我的样子,我就不由得笑起来。可它并不满足于当小猫和羔羊,几乎还想当狗。因此,我当真也相信有相似的地方。它的心里存在着两种不安,有小猫的不安,有羔羊的不安,二者是那样的迥然不同。所以,它觉得自己的皮绷得太紧了。对动物来说,也许屠夫的刀是一种解救,但作为一个遗产,我肯定不同意这样来解救它。

韩瑞祥 译

〔一样每天都发生的事〕

Franz Kafka
Das erzählerische Werk

Der Bau

一样每天都发生的事：它的后果就是一种日常的英雄事迹。A 和邻村 H 的 B 要签订一笔重要的生意。为了先碰个头他到 H 地去了一趟，来回各花了十分钟，回来后，为了这种神速还在家自我吹嘘了一通。第二天，他又为了最终签订合约再度去了 H 地，因为预计要好几个钟头才能到达，所以他一大早就出发了。虽然一切情况和昨天一模一样，至少 A 是这么认为的，他却用了十个钟头才到达 H 地。当他晚上精疲力竭到达时，人家告诉他，因为他未出现，B 十分不快，半小时前已经出发往 A 住的村子去了，其实他们在路上是该遇上的。人家劝 A 留下，但是 A 担心生意做不成，就立刻动身赶路回家。

这次，他没特别在意，却一眨眼就到了家。家人告诉他，B 一早就到了——他是在 A 离开之前到的——他甚至在大门口碰到了 A，向他提起生意上的事，但是 A 说他现在得赶着出门，没时间谈。

虽然 A 的行为莫名其妙，B 还是留下来等他了。他虽也多次问过，A 是不是已经回来了，不过现在还耐心地在楼上 A 的房间等着。知道还有机会当面对 B 说明一切，A 欣喜万分，他径直跑上了楼梯。眼看就要到楼上的时候，他绊了一跤，扭伤了筋，疼得几乎要昏过去了，连喊都喊不出声，只能在黑暗中啜泣着，就在这时，他在黑暗中听见 B，也看见 B——不清楚离他很远还是就在他的身旁——忿忿然顿足下楼，从此不见踪影。

谢莹莹 译

Franz Kafka
Das erzählerische Werk

Der Bau

【桑丘・潘沙】

桑丘·潘沙——他倒是从来没有为此吹嘘过——由于长年累月从晚上到深夜与许多游侠小说和绿林好汉故事为伴，竟然能够把他的魔鬼——他后来为他取名堂吉诃德——的注意力从他的身上转移掉，魔鬼因而毫无顾忌地在外头做了许多疯狂的事，不过因为缺乏一个预定的对象——这对象原该是桑丘·潘沙——，他的狂妄行为并未伤害到什么人，而桑丘·潘沙这个自由人，或许是出于责任感，平静地跟着他东征西战，从而得着很多娱乐，而且还从中受益匪浅，直到他死。

谢莹莹 译

Franz Kafka
Das erzählerische Werk

Der Bau

【塞壬的沉默】

不完善甚至幼稚的方法能使人得救，这个故事是个证明：

为了保护自己不至于受塞壬的诱惑，奥德赛用蜡塞住耳朵，还让人把他牢牢铐在桅杆上，如果这么做有用的话，从一开始所有旅人也都会这么做，除了那些老远就被引诱去的人之外，但是，世人都知道，这样做根本没有用。塞壬的歌声穿透一切，蜡丸更不在话下了，受诱惑者的激情足以使他们挣断比铁链和桅杆更牢固的东西。这一点奥德赛或许也听说过，不过他并不多加考虑。他完全信任那一小团蜡和那些铁链，并为找到如此绝妙的计策而兴奋不已。他朝着塞壬迎面驶去。

然而，塞壬有比歌唱更为可怕的武器，那就是沉默。虽说这样的事从未发生过，但可以想象得出，或许有人曾经躲过塞壬的歌声，但绝没有人能够躲过她们的沉默,用自己的力量战胜她们。那种由此产生的横扫一切的高傲的感觉,是世上没有任何东西抵挡得住的。

当奥德赛来到的时候,这群魔法无边的歌唱家果真并没有唱。或许她们以为,只有沉默才能赢得这个对手,或许因为奥德赛一心只想着蜡和铁链而喜形于色,她们见了就忘记了唱歌。

但是奥德赛,让我们这么说吧,并没有听见她们的沉默。他以为她们唱着歌,只有他一个人受到保护而听不见。他瞟了她们一眼,看见她们转动粉颈,深呼浅吸,眼里含泪,朱唇半起,他以为她们正展喉高歌,而歌声在他周围消失。他眼望远方,一切很快就远离他的眼底。塞壬们简直就是在他眼皮底下消失的。当他靠她们最近的时候,他就一点都不知道她们在哪儿了。

比任何时候都更加美丽的塞壬们,却伸展着、转动着身体,任海风吹着她们令人生畏的松散的长发，将伸张着的利爪搁在岩石上。她们不再想诱惑人，只想尽可能多地捕捉一些从奥德赛巨目中射出的光芒。

如果塞壬们有意识的话，她们当时就会遭灭门之祸。而因为情况不是那样，她们存留下来了，只不过奥德赛逃离了她们的魔掌。

关于这个故事还有一段补遗。传说奥德赛诡计多端，是只老狐狸。他的内心深处就连命运女神也侵入不了。虽说正常人无法理解他的这种做法，但说不定他真的觉察到塞壬们沉默着，而他将计就计，演出上面说的那一幕，以之作为盾牌，抵挡塞壬和诸神。

谢莹莹 译

Franz Kafka
Das erzählerische Werk

Der Bau

【普罗米修斯】

这传说试图解释那不可解释的。因它的根据来自真理，它就必定又终于不可解释。

关于普罗米修斯的传说有四种：

根据第一种传说：他为着人类而背叛了诸神，因而被罚铐在高加索山脉的岩石上，诸神派老鹰去啄他的肝，而他的肝不停地重新生长。

根据第二种传说：普罗米修斯被啄而疼痛万分，不停地靠紧岩石而越来越深地嵌入岩石里，最终他和岩石结为一体。

根据第三种传说：经过几千年，普罗米修斯的背叛被忘却了，诸神忘却了，老鹰忘却了，他自己也忘却了。

根据第四种传说：人们对这毫无道理的事厌倦了。诸神厌倦，老鹰厌倦，伤口也厌倦地合上了。

留下的是那无可解释的岩石山。

谢莹莹　译

Franz Kafka
Das erzählerische Werk

Der Bau

〔夜〕

深深沉陷在夜里。就像我们偶尔低头沉思时一样,整个人完全沉陷在夜里,周围都是睡着的人。这是一出小小的戏,一种没有恶意的自欺,人们以为他们睡在屋里,睡在结实的床上,屋顶密不透风,床上被褥齐全,他们或是摊开或是屈起身子自由舒适地睡着。事实上,他们现在像从前曾经经历过的、像以后也将要经历的那样,聚集在荒漠旷野里,风餐露宿,数不清的人挤在一起,有一支军队,还有一群百姓,他们就这样被抛在他们从前站立的地方,在天寒地冻中,头埋在臂弯里,脸朝着地,均匀地呼吸着。而你在守望,你是诸多守卫中的一名,挥动手中的火把就看见下一个守卫在你身旁。你为何守望?按规矩必须有人守望,必须有人守在那儿。

谢莹莹 译

Franz Kafka
Das erzählerische Werk

Der Bau

〔拒绝〕

我们的小城不靠近边境,根本不靠近,它离边境还非常远,所以,小城里还没有一个人到过边境,到边境去得穿过荒凉的高原,当然也有广阔的富饶地区。只要想象一下这条路的一部分,就够让人疲惫的了,更长的路就根本不堪设想了。路上还有一些大城市,比我们的小城大得多。十个我们这样的小城并排摆开,上面再加上十个这样的小城,也赶不上一个这种庞大而拥挤的城市。就算是在去边境的路上不会迷路,那么也肯定会迷失在这些城市里,而想绕过它们是不可能的,因为它们太大了。但是,比边境离我们更远的,如果可以拿这种距离进行比较的话 —— 就像有人说,一个三百岁的人比一个二百岁的人更老 —— 比边境离我们小城还远得多的是首都。我们偶尔还能听到边境战事的消息,但是,首都的事我们几乎一无所知，我是说我们这些平民百姓，因为政府官员当然与首都保持着密切联系；每两三个月，他们就能得到一次那里的消息，至少他们是这么说的。

奇怪的是，我们小城中的人，竟然一声不响地遵从来自首都的所有命令，这一再令我感到震惊。几个世纪以来，我们这里从未发生过由市民自己发起的政治变革。在首都，最高统治者相互取代，甚至连王朝都被消灭或推翻，新的王朝又重新开始，上个世纪，甚至连首都也被摧毁了，在离它很远的地方建了一座新的，后来，新首都也被摧毁了，旧都城又恢复了，这一切，对我们的小城其实毫无影响。我们的官员一直待在他们的职位上，高级官员们都来自首都，中级官员们至少是外面来的，最低级的官员才出自我们当中，此事历来如此，我们也满意。最高官员是最高税务官，他有上校军衔，大家也这么称呼他。现在，他已经是个老人了，但我认识他已多年，因为当我还是个孩子的时候，他就是上校了，开始，他升迁得很快，后来就似乎停滞不动了，但对我们这座小城来说，他的军衔已足够高，再高的军衔，我们就无力接纳了。每当我想象他的样子时，眼前总是出现他家那幢位于集市广场上的房子，他坐在平台上，身体向后靠着，嘴里叼着烟斗。他头上的屋顶上飘扬着帝国的国旗，平台非常大，甚至有时能在那里举行小型军事演练，四周晾着洗好的衣物。他的孙儿们穿着漂亮的丝绸衣服，在他周围玩耍，他们是不许到下面的广场去的，其他孩子不配跟他们玩，但是，广场吸引着他们，他们至少可以把头从栏杆之间伸出去，当下面的孩子吵架时，他们就在上面跟着吵。

这个上校统治着这座小城。我想，他从没给任何人看过他的那份委任书。他肯定也没有这么一份文件。也许他真的是最高税务官，但这就是一切吗？难道这就使他有权力掌管所有行政部门吗？他的职位对国家是很重要，但对于市民却不是最重要的。我们这里，人们几乎都有这样的感觉，好像大家说过："你已经把我们所有的一切都拿去了，那么请把我们也一块拿去吧。"实际上，他并不是自己抢来这个统治权的，他也并非暴君。最高税务官就是最高官员，只是长期以来自动形成的，上校只不过是遵从了这个传统，像我们一样。

然而，他虽然生活在我们中间，等级的差别也不算太大，但他的确与一般市民截然不同。如果有个代表团带着一个请求去见他，他就会像世界的墙壁一样站在那里。他后面什么也没有，人们猜测着那里还继续有几个声音在低声说话，不过那很可能是错觉，因为他就是一切的终结，至少对我们来说是这样的。人们得见过他在这种接见时的样子才能明白。当我还是孩子的时候，有一次，一个市民代表团去向他请求政府资助，因为最贫困的城区被一把火烧毁了，那次我也在场。我父亲是个马掌匠，在当地很受人尊敬，当时也是代表团的成员，便把我带去了。这没什么奇怪的，像这样的热闹，人人都争着去看，因为人多，几乎分辨不出谁是代表团的；由于这种接见通常都是在平台上举行，所以有些人就从集市广场攀着梯子爬上来，隔着栏杆了解上面事情的发展。当时是这样布置的，平台大约四分之一是留给上校的，其余地方挤满了人。几个士兵密切注意着一切，同时在上校周围站成一个半圆。实际上，一个士兵就足够应付一切了，因为我们非常惧怕他们。我不知道这些士兵是从哪里来的，反正是很远的地方，他们长得非常相像，甚至用不着穿制服。他们个子矮小，并不强壮，但十分敏捷，他们身上最显眼的，是那口粗壮的牙齿，把口腔塞得满满的，还有就是他们那细小的双眼发出一种不安的光。由于这两点，他们就成了让孩子们害怕的人，但同时也是孩子们的乐趣，因为孩子们总想被那牙齿和眼睛吓唬一下，然后再惊恐地跑开。这种童年时代的惊吓，很可能到成年以后也没有消失，至少它还在继续起作用。当然还有其他因素。那些士兵说着一种我们根本听不懂的方言，而且他们也不能适应我们的语言，这使他们变得隔绝，不可接近，不过这也符合他们的性格，他们沉默、严肃、呆板，他们其实不做任何坏事，但却让人觉得他们坏得无法忍受。比如说，一个士兵走进一家商店，买个什么小东西，靠在柜台边站着，听别人谈话，很可能什么也听不懂，但他做出听懂了的样子，自己却一言不发，只是直勾勾地盯着说话的人，然后又盯着听的人，手放在腰带上那把刀的刀柄上。这令人十分厌恶，于是大家都没有了聊天的兴致，纷纷离开商店，直到店里完全空了，那士兵才走。所以哪里有士兵出现，我们活跃的百姓就会变得沉默寡言。那一次也是如此。像在所有隆重场合一样，上校站得笔直，向前平伸的双手握着两根长竹竿。这是一个古老的习俗，大概的意思是：他这样支撑着法律，而法律也这样支撑着他。其实每个人都知道平台上将会发生什么事，但人们却习惯于每次都重又大吃一惊，那次也是，那个被指定发言的人不愿意开口，他已经站在上校对面了，却又失去了勇气，找出各种借口又挤回人群中。另外就再也找不出愿意发言的合适人选 —— 而不合适的人中却有几个毛遂自荐 —— 当时混乱不堪，人们于是派人去找各种以能说会道著称的市民。这整个期间，上校一动不动地站在那里，只是随着呼吸，他的胸部剧烈起伏。他并不是呼吸困难，只是他的呼吸非常明显而已，就像青蛙呼吸一样，只不过青蛙总是这样呼吸，而在他这里就不同寻常了。我悄悄从两个大人中间钻过去，通过两个士兵之间的空隙观察着他，直到一个士兵用膝盖把我踢开。在此期间，那个原来选出来发言的人又打起精神,由两个同来的市民紧紧搀扶着,开始讲话。令人感动的是,他在这个描述那场大灾难的严肃讲话中,一直微笑着,那是一种最谦卑的微笑,它徒劳地试图在上校脸上唤起哪怕一丝微小的反应。最后,他提出了请求,我想他只是在请求减免一年的赋税,可能还请求能以低廉一些的价格购买皇家森林的木材。然后,他深深一躬不起,除了上校、士兵和后面站着的几个官员,所有人都弯腰鞠躬。作为孩子,我觉得好笑的是,站在平台旁梯子上的那些人不得不下几阶横木,以免在这具有决定性的间歇时刻被看见,同时,他们还好奇地把头稍稍探出平台的地面,随时打探情况。这样持续了一会儿,然后,一个官员,一个个子矮小的男人,走到上校面前,努力踮起脚尖,而上校除了深深地呼吸之外,仍然一动不动,他朝那官员耳语了几句,于是,官员拍了拍手,大家都直起了身子,他宣布道:"请求已被拒绝。你们走吧。"一种不可否认的如释重负感掠过人群,大家都往外拥去,没有人特别注意上校,他又变成了一个人,一个和我们大家一样的人,我只是看到,他疲惫地扔掉竹竿,竹竿掉到地上,然后,他倒在一张几个官员抬来的靠背椅上,急忙将烟斗塞进嘴里。

整个事并不是偶然的,一般来说都是这样。虽说偶尔也会有一些小小的请求被满足,但那就好像是上校作为有权力的个人,自己承担责任这样做的,所以,要对政府保守秘密,——当然,这话并没有直说,但整个气氛如此。在我们的小城里,据我们的判断能力,上校的眼睛就是政府的眼睛,但是也有一种区别,而这种区别是不能深入探究的。

在重要事情上,市民们肯定会遭到拒绝。然而奇怪的是,没有这种拒绝,人们就过不下去,所以,去找上校获取拒绝,绝对不是一种形式。人们一次又一次精神饱满,严肃认真地去那里，然后离开，虽然不是群情振奋，兴高采烈，但也不感到绝望和疲惫。

据我的观察，有某个年龄层的人感到不满，这是些十七到二十岁之间的年轻人。他们都是非常年轻的小伙子，不可能早早地就预感到最无足轻重的事情的影响，更何况某种革命思想的影响。正是在他们中间，不满情绪在悄悄蔓延。

任卫东　译

Franz Kafka
Das erzählerische Werk

Der Bau

关于法律的问题

我们的法律并非人人清楚，这些法律是一小群统治着我们的贵族的秘密。我们深信，这些古老的法律被严格遵守着，但是，被自己所不清楚的法律统治着，到底是一件叫人痛苦万分的事。我这么说时，所想到的并不是法律可以有那么多不同的解释，以及当法律只由个人解释，全体百姓对此没有发言权时所引发的种种弊端。这些弊端或许也并不十分严重。我们的法律实在很古老，几百年来对它们的阐释工作一直未曾中断，阐释条文大概也已变为法律了。虽然对法律还存有阐释的余地，但已很有限了。此外，贵族们解释法律时，显然不至于受自己利益所驱使而做出对我们不利的事，因为从一开始法律就是为贵族的利益而立的，他们不受法律制约，也正是出于此。法律完全由贵族掌管，这么做自然有其明智之处。——谁会怀疑古老法律的明智呢？但这也正是我们痛苦之所在，这大概是避免不了的。

另外，这些伪法律是否存在，我们其实也只能猜测。传统上，大家认为法律存在，并且作为一种秘密交于贵族掌管，但是除了是老传统，加上因为老而可信之外，法律什么也不是，也不可能是什么，因为根据这些法律，它们本身的存在必须严守秘密。我们民间很早就密切关注贵族的行为举止，先人记录下的笔记，我们都保存着，而且十分认真负责地续写着，以为在纷纭错综的事实中看出了某些规则，某些历史现象也能从中得到解释，但当我们想根据这些精心筛选整理出的结论安排我们的现在和未来时，我们毫无把握。这一切或许只是一种理智的游戏，因为我们在此试图猜测的法律或许根本不存在。有一小派人士真的有这种看法，他们企图证明，如果有法律，那么它只能是：贵族的行为即法律。这一派人士只见到贵族行为的任意性，他们驳斥民间传统，认为这种传统或许偶尔凑巧有点小小用处，而它带来的弊病却极为严重，因为它使得老百姓对将要发生的事抱一种错误虚假的安全心理，这会使得他们麻痹大意。人们无法否认这种弊病，但是绝大多数人认为，事情之所以会这样，是因为传统还远远不足用，还得加大力度去研究。而资料看起来虽然庞大，实际上还是太少太少了，想要得到足够的资料，还得再有几百年的时间。这样看待未来使得当今的日子黯淡无光。只有靠一种信念，我们才能重抱希望，就是相信总有那么一天，传统和传统研究会终结，我们可以松一口气，一切会变得清清楚楚，法律只属于民众，贵族会消失。这么说并非痛恨贵族，反对贵族，完全不是，没人这么想。我们痛恨的是我们自己，因为我们还不配有法律。正因为这样，那一派根本不相信有法律的人，虽然在某种意义上很具吸引力，但他们人数仍然很少，因为他们也完全承认贵族以及贵族存在的权利。

实际上只能以一种矛盾的说法来形容这一事实：如果有一个派别既对法律抱有信念又弃绝贵族，那么它立刻就会受到老百姓的支持，但是，这样的派别不可能产生，因为没有人敢于弃绝贵族。我们就生活在这刀刃上，一位作家曾经如此总结过，我们必须接受的惟一可见的法律就是贵族，难道我们要使自己连这惟一的法律也失去？

谢莹莹 译

Franz Kafka
Das erzählerische Werk

Der Bau

〖征兵〗

征兵往往是必要的，因为边境的战事从未停止，征兵的过程如下：

首先下达指令，在某一天，某个城区的全体居民，不管男女老少，必须待在自己家里。通常要到中午时分，负责征兵的那个年轻贵族才出现在城区的入口处，而一小队士兵，有步兵也有骑兵，从破晓时分起就已经守候在那里了。这是个年轻人，身材瘦削，个子不高，体质虚弱，衣着不整，眼神疲惫，浑身焦躁不安，就像是个病人总在打寒战。他对任何人都不屑一顾，只用他身上惟一的装备——鞭子示意了一下，几个士兵跑到他身边，他走进第一所房子。一个认识这个城区所有居民的士兵宣读了这所房子住户的名单。通常所有人都在，已经在屋里站成一排，眼睛注视着那位贵族，好像他们已经是士兵似的。但是也有可能偶尔缺一个人，而且总是男人。这时，没有一个人敢说出个借口，或者甚至撒个谎，大家只是默不作声，垂下眼睛，这所房子里的人违抗了命令，这个命令带给人的压力几乎无法承受，但是，那位贵族一声不吭地站在那里，使所有人都不敢动。贵族示意了一下，那简直算不上是点头，只能从他的眼睛里读懂他的意思，两个士兵开始寻找那个没到场的人。这根本用不着费力。他从没有出过这所房子，他也从没真想逃避兵役，他只不过是因为害怕才没来，然而，使他未能到场的恐惧，也不是对服兵役的害怕，而是他就是怕见人，这道命令对他来说简直是太大了，大得令人疲乏，他不能靠自己的力量到场。但也是因此他没有逃跑，他只不过是藏起来了，他听见贵族进了房子后，肯定是悄悄从藏身之处溜了出来，走到屋门口，立刻就被那些出来的士兵抓住了。他被带到贵族面前，贵族用双手握住鞭子——他太虚弱了，一只手什么也干不成——抽打这个男人。这并不太疼，然后，一半是出于筋疲力尽，一半是出于厌恶，他扔掉了鞭子，被鞭打的人必须捡起鞭子，交还给他。之后，这个人才可以站到其他人的队列中去；而且，几乎可以肯定，他不会被招募。但是，也有可能，甚至更经常的是，在场的人比名单上的多。比如说，可能会有个陌生的女孩站在那里，望着那贵族，她是从外边来的，可能是外省的，是征兵把她吸引来的，有很多女人无法抵御这种外地征兵的诱惑，——家乡的征兵则意义完全不同。奇怪的是，如果一个女人屈服于这种诱惑，大家并不认为那是什么丢脸的事，恰恰相反，有些人认为，这正是妇女必须经历的事，这是一种债务，是一种她们向自己的性别偿付的债务。另外，事情的进行也总是相似的。一个女孩或妇人听说某个地方，或许离得非常远，她的亲戚或朋友那里，正在征兵，她就请求家人允许她前往，家人同意了，这种事是不能拒绝的,于是,她穿上自己最好的衣裳,比平日任何时候都快乐,同时又表现出与往常一样的镇静、友好和冷淡,而在这所有的镇静和友好后面,她又是难以接近的,就好像一个正在回乡途中的陌生人,此刻什么也不再想。在那即将进行征兵的家里,她受到完全不同于寻常客人的接待,一切都围着她转,她得把所有房间都看一遍,从所有窗户探出身去看看,如果她把手放在某个人头上,那意义真是超过天父的祝福。当这家人准备应征时,她得到的是最好的位置,那是靠近门边的位置,在那里,她会被那个贵族看得最清楚,也能最清楚地看见他。但是,她所得到的礼遇,只是到贵族进门为止,从那以后,她就黯然失色了。他根本不看她,也不看其他人,即便他把目光落到某个人身上,那人也不会感觉到。这是她没有料到的,或者,更有可能的是,她肯定料到了,因为情况不可能是别的样子,但是,促使她到这里来的,也并不是与此相反的期望,而只不过是现在将要完结的东西。她感觉到巨大的羞愧,一种我们的妇女通常可能永远不会体会到的羞愧,到现在她才意识到,自己是硬挤进了一场别处的征兵,于是,当那个士兵宣读名单,而她的名字没有出现,趁着那片刻的沉默,她缩着身子战栗地溜出大门,背上还挨了士兵一拳。

如果多出来的是个男人,那他惟一的愿望就是一起被征募,尽管他不是这所房子里的。但这也是完全不可能的,像这种多出来的人,以前从未被征入伍,今后,这类事情也绝不会发生。

任卫东 译

Franz Kafka
Das erzählerische Werk

Der Bau

【海神波塞冬】

波塞冬坐在书桌旁仔细计算着。管理全部水域的工作着实繁重。他本来能够要多少助手有多少，而他也的确有许多助手，可是因为他对工作十分认真负责，什么都要亲自再计算一遍，助手们便帮不了他多少忙了。倒不能说这工作给他带来什么乐趣，其实他处理这些事，只不过因为这是他分管的工作，他也曾多次要求换个如他所说的叫人高兴一点的工作，但无论提议给他什么工作，他总是感到不如原先的合他的意。事实上，要给他找份别的工作也不容易。随便把某一片海域划归他管是行不通的事。一则，如此一来计算的工作并不减少，只是更加琐碎罢了，更主要的是伟大的波塞冬永远只能坐在要位上，海域之外的职位更不能请他担任。只要想到这个，他就觉得痛苦难当，这位神就会呼吸困难，他那尊贵的胸膛就会颤动不已。

其实人家并不认真对待他的诉苦，当一位大人物痛苦的时候，别人当然要假装努力顺着他的意思去做，尽管事情根本不可能做成。没有人想过要把波塞冬从他的位置上换下来，从开天辟地起。他就被任命为海神，这一点可是改变不了的。

令他最为恼怒的事是——主要就是这件事引起他对现任职位的不满——他听说人们有不少关于他的传说。比如想象他总是手握三叉戟驾着马车在水上到处闲逛，而这时他正坐在大洋之底不停地计算着，日子单调无趣，惟一的调剂就是偶尔到朱庇特那儿去走一趟，而这种造访每每使他大怒而归。就这样，他简直就未好好看过大海，只有匆匆上奥林波斯山时瞟上一眼，更不要说真正地逛逛大海了。他常说，他就这样等着世界末日的到来，那时，当他检验过最后一项计算，就在终结之前的一刹那，该会有片刻的安宁，那么他就可以抓住机会快速地游览一遍大海了。

谢莹莹 译

Franz Kafka
Das erzählerische Werk

Der Bau

【集体】

我们五个人是朋友。一次我们一个接着一个从一座房子里出来,最先出来的一个站到门旁去,接着出来第二个,他就像水银珠一样轻轻从大门里溜了出来,出来后,就站到离第一个人不远的地方去。跟着,第三个、第四个、第五个也都陆续出来了,最后我们大家排成一排。人们注意到我们了,他们指着我们说:"这五个人现在从这座房子出来了。"自那时起,我们就生活在一起,如果不是有第六个人老是要掺和进来的话,我们的生活会很平静。他不招惹我们,但我们讨厌他。这就足够了,他为什么非要挤到人家不欢迎他的地方去呢?我们不认识他,也不想收留他。我们五个原先也互不相识,就是现在也可以说仍然互不相识,但是,在我们五人间行得通的、能被容忍的事,在第六个人那儿就不行了。还有,老是黏在一起到底有什么意思呢。就是我们五个老在一起也没什么意思。但我们既然已经在一起了,就这么着了,但是,恰恰因为我们已有了经验,我们便不要成立新的集体。怎么才能让这第六个人明白这一切呢,详细冗长的解释几乎意味着我们已接纳他进入我们的圈子,所以我们不想解释,我们就是不接纳他。即使他把嘴皮磨破,我们还是用手臂把他推开,但我们无论怎么推他,他仍然来找我们。

谢莹莹 译

Franz Kafka
Das erzählerische Werk

城徽

初建巴别塔的时候一切都还相当有规可依。细则甚至于可能是太多了,人们过于注重路标、翻译、工人住处以及路与路之间的连接,就好像有几百年的时间可以用来建塔似的。当时具代表性的意见甚至于认为,塔建得越慢越好,按照这种意见行事,不必刻意夸张就可以说,就连地基也别想打。他们提出的论点是这样的:整个事情中最重要的一点是造一座通天塔这一想法,与这想法相比,其他任何事都是次要的。这想法一旦成型,就再也不会消失,只要有人存在,就会有强烈愿望,要把塔建成。就这一点而言,人们不必为将来担忧。相反,人的知识越来越多,建筑工艺现在比以前有所进步,以后还会继续进步,我们需要一年才能完成的工程,一百年后也许只需半年,而且会做得更好、更坚固。为什么现在要把自己弄得精疲力竭呢？如果有希望用一代人的时间把塔建成，那么，这么做还有意义。但是，这是绝对做不到的。比较有可能的是，下一代人有更丰富的知识，会觉得上一代人所建造的不好而把它拆了重建。这样的思路使人无力行动，大家更关心的是建造工人生活的城区，而不是塔。各地的人都为自己争取最好的住宿地。因而争端纷起，甚至大打出手，演出流血事件，这样的争端从此再也没有停止过。这些争端又成为领导者的借口，他们认为大家既不能以全副心力建塔，那么缓慢建造，或者等到全面和平再来建造，是理所当然的。然而不只是争斗花费了时间，在休战的时候，人们把自己的城区修建得更美丽，因而招来妒忌，引出新的争端。第一代人的时间就这样度过了，继之而来的每一代人所做的毫无二致，只不过他们的技巧越来越高明，也就越来越好斗了。再加上从第二代或第三代开始，他们就看出建造通天塔之无稽，然而彼此纠缠在一起且陷得已深,离不开这个城市了。

　　所有从这里产生的传说和歌谣都充满一种渴望,渴望预言中那一天的降临。那一天,一只巨大的拳头将连续五次击打这座城,把它打得粉碎。因此之故,这座城的城徽上便有了一只拳头。

谢莹莹　译

Franz Kafka
Das erzählerische Werk

Der Bau

【舵手】

"我不是舵手吗？"我喊道。"你？"一个肤色黝黑个头高高的男人问，他还用手擦了一下眼睛，好像在抹掉一个梦似的。我在黑夜里掌着舵，昏暗的灯光从头顶上照下来。现在来了这么一个人，想把我推开。因为我不退让，他就当胸踢了我一脚，把我慢慢踩到地上去。而我还抓紧舵把，倒下时带着舵毂转了一圈。那人握住舵，把它转回原处，我则被他一脚踢开。还好，我脑筋转得快，跑到通往船员睡舱的入口处大喊："船员们！同伴们！快来呀！一个陌生人把我赶开，他抢占了船舵！"他们从船舱里慢慢爬上来，一些摇摇晃晃强壮而疲倦的家伙。"我是舵手吗？"我问。他们点点头，但他们的眼睛只盯着那个陌生人。他们站成半圈围着他，他用命令的口吻对他们说："别妨碍我。"他们就聚拢在一起，对我点点头，就下楼梯回船舱去了。这是一群什么样的家伙啊！他们也思考吗？或者他们只是失魂落魄踯躅于大地之上。

谢莹莹 译

Franz Kafka
Das erzählerische Werk

Der Bau

【考验】

我是个仆人，但是我没事做。我胆子小，什么事也不凑到前面去，甚至也不凑到众人中间去，但这只是我没事做的一个原因，也有可能与此一点关系也没有，主要原因还在于，人家并不喊我做事，别的仆人被叫去做事，但他们并没有比我更多地去谋求，或许连想都不想被叫，而我偶尔倒还有很强烈的被叫的愿望。

所以我就这样躺在仆人睡房的木板床上，无聊地看着屋顶的横梁，睡了醒，醒了睡。有时我到对过卖酸啤酒的小酒店喝喝酒，酒太难喝了，有时整杯被我倒掉，过后仍然喝它。我喜欢坐在那里，因为在那里我坐在关着的小窗户后面，没有人看得到我，而我可以看到我们那栋房子的窗户，不过看不到什么动静。我相信，对着街这边的是走廊的窗户，而且还不是通向主人居室的走廊，我也有可能弄错，不过有个人是这么说过的，也不是因我问他他才这么说的，况且，这房子的正面给人的印象也证实这一点。这些窗户极少打开，如果开了，也是个仆人打开的，为的是可以靠着栏杆往下瞧瞧。可见，这是他不至于别人撞见的地方。我不认识这些仆人，老在楼上忙活的仆人不睡我们屋里，他们睡在别处。

一次我到小酒店时，我的观察座上已坐了一个客人。我不敢多看，在门口就立刻转身要走。但那位客人招呼我和他一起坐，原来他也是个仆人，我不知在哪儿见过他，只是没有同他说过话。

"你为什么要走呢？坐过来喝一杯吧！我请客。"我就这么坐下了。他问了我一些事，但我回答不了。我甚至连问题也搞不清楚，所以我说："你现在大概后悔请我了吧？那我走吧。"说着，我就要站起来，但他把手伸过桌子按我坐下。"留下来,"他说,"刚才只是一次考验,回答不了问题的人及格了。"

谢莹莹 译

Franz Kafka
Das erzählerische Werk

Der Bau

〔兀鷹〕

一只兀鹰啄着我的脚,靴子和袜子都已撕开了,现在它已经啄到脚上的肉了。它总是先进攻,接着急躁地绕着我飞几圈,然后再继续下一轮的进攻。有一位先生经过这儿,他看了一会儿后问我,对这种事为什么忍让。"我根本无法抵抗,"我说,"它一来就啄我,我自然想把它赶走,甚至试图把它掐死。但这样一只猛禽力大无比,它还想来抓我的脸。如此一来,我就情愿牺牲脚了,现在两只脚都快给撕碎了。""您怎能让自己受这样的折磨,"这位先生说,"给它一枪,鹰就完蛋了。""真是这样吗?"我问,"您愿帮我这个忙吗?""愿意,"这位先生说,"只是我得先回家拿枪,您还能等半小时吗?""我不知道,"我说,有好一会儿我疼得整个人僵硬地站在那儿,接着我说,"求您无论如何试试吧。""好的,"这位先生说,"我会快去快回。"我们说话时,鹰静静地听着,目光不住地在我和那位先生之间来回游移着。现在我看出,它什么都明白了,它振翼而起,绕了一个大圈,而后借力冲了下来。它的喙像只标枪从我嘴里深深刺入我的身体。我向后倒下时带着一种解脱的感觉,感觉到它如何在我身体深处被那能淹过一切岸边的血无可救药地淹死了。

谢莹莹 译

Franz Kafka
Das erzählerische Werk

Der Bau

【小寓言】

"啊!"老鼠说,"世界天天在变,变得越来越窄小,最初它大得使我害怕,我不停地跑,很快地在远处左右两边都出现了墙壁,而现在 —— 从我开始跑到现在还没多久 —— 我已经到了给我指定的这个房间了,那边角落里有一个捕鼠器,我正在往里跑,我径直跑进夹子里来了。"——"你只需改变一下跑的方向。"猫说,说着就一口把老鼠吃了。

谢莹莹 译

Franz Kafka
Das erzählerische Werk

Der Bau

【陀螺】

有个哲学家老是在孩子们玩耍的地方转悠，只要见到哪个孩子有陀螺，他就跟在后面伺机而动。陀螺一转动，他就追着去抢。孩子们大叫大闹，不让他靠近他们的玩具。他却一点儿也不在乎，每当他逮住一个还在转动的陀螺时，他就大喜过望。不过只高兴那么一下子，接着他就把陀螺扔到地下走开了。他相信，认识了任何一件小事物，例如认识了转动着的陀螺，就足以认识一般事物。因此他不研究大问题，认为那太不经济了。如果最小最小的事物真正被认识了，那么所有的事物也就都清楚了，因此他只研究旋转着的陀螺。每当有人准备转陀螺时，他就心怀希望，觉得这次一定会成功。而当他气喘吁吁跟着陀螺跑的时候，对他来说就已成功在握，但当他手中拿着那不起眼的小木块时，他就感到极不舒服。孩子们的吵闹声他原先听不见,现在突然直冲着他的耳朵而来,将他赶跑。而他则像一个没被抽好的陀螺一样,蹒跚而行。

谢莹莹 译

Franz Kafka
Das erzählerische Werk

Der Bau

【出发】

我叫人从马厩把马牵出来。仆人听不懂我的话，于是我自己到马厩去，给马上了鞍，骑了上去。远处传来喇叭声，我问他这表示什么。他什么也不知道，什么也没听见。到了大门口，他把我截住，问我："主人，你骑马要到哪儿去？""我不知道，"我说，"只要离开这里，只要离开这里。只有持续不断地离开这里，我才能到达目的地。""所以你是知道你的目的地的？"他问。"是啊，"我回答，"我不是说了：离开这里，这就是我的目的。""你没带着口粮。"他说。"我不需要，"我说，"旅途这么远，如果中途得不着吃的，我肯定会饿死。带什么口粮都救不了我。谢天谢地，这是一次真正不寻常的旅行。"

谢莹莹 译

Franz Kafka
Das erzählerische Werk

Der Bau

【辩护人】

我真不知道自己到底有没有辩护人。我无法得知详情。所有人都摆出一副拒人于千里之外的面孔。那些比较肯接受我的人，也就是我老在走道上见到的那些人，看起来像臃肿的老太婆。他们戴着蓝地儿白条能遮住全身的大围裙，摸着肚子，很笨重地来回转着。我连我们是不是在法院里都无法得知。有些迹象让人觉得这是法院，很多别的迹象又让人怀疑。在许多事情中，最让我觉得这里像法院的是一种不停地从远处传来的喧嚣声，说不清来自哪个方向，所有空间都充满这种声音。你可以假设，它来自四面八方，而显得更准确的是喧嚣声的来源恰恰就是你正站着的地方，但这绝对是幻觉，因为它的确来自远处。这些覆盖着简单拱顶的狭窄纡曲的过道两旁的门很高，没有什么装饰，好像为了极端的安静而设。这是博物馆或者图书馆的过道。如果这不是法院，我为什么在这儿找辩护人呢？因为我到处都在找辩护人，到处都需要辩护人。我在别处比在法院更需要他，因为法院根据法律判决。我们应该如此假设，如果我们假设法院办事草率不公，那么我们根本就活不下去。我们应该信任法院，相信法院赋予庄严的法律足够的活动余地，因为这是它惟一的任务。但在法律之中，只有起诉、辩护、判决，任何人为的干预都是一种亵渎行为。不过判决的决定过程则不同，判决根据调查而定。到处都得去调查，亲人或陌生人，朋友或仇敌，家中或公共场合，城市或乡村，总之，到处都得问。这时，我们就大大需要有人为我们说话了，我们需要许许多多的辩护人，需要最好的辩护人。一个紧连一个，筑成一道活生生的墙，因为辩护人生性不好动，而起诉人则狡猾如狐，迅速如鼬，他们还像看不见的小老鼠，能穿过最小的间隙，穿过辩护人的大腿缝，所以小心，所以我在这儿，我来收集辩护人。可是我连一个也还没找到，只有这些老太婆在这儿不停地来回走着。如果我不是在寻找，我一定昏昏欲睡了。我没找对地方，可惜我无法不得出这样的印象。我没找对地方，其实我应当到一个有各式各样的人聚集的地方去，不同地区，不同阶层，各种职业，各种年龄的人都有的地方，我应当得到机会，从一大群人中间仔细选出那些能看中我、对我有用、对我友善的人。最为合适的地方也许是一个热闹的大庙会，而我却在这些过道里闲逛。这儿只能见到这些老太婆，就是她们也为数不多，并且永远是同样的那几个人。就连这为数不多的走得很慢的几个人我也逮不住，她们从我身旁溜走，像乌云一样随风飘走。她们专心致志地不知在忙些什么。我为什么盲目闯入一栋房子，不先看看大门上的牌子就进到过道里，并且如此死死守在这儿，弄得自己一点儿也记不得是何时到大门口的，何时上楼的。但是我不能走回头路，这样浪费时间，这样承认自己的错误，是我无法忍受的。什么？在这由一种焦急的喧嚣声伴着的短促的生命中跑下楼去？这是不可能的事。你命中注定拥有的时间是这么样的短，浪费一秒钟就等于浪费一生，因为生命永远只有你浪费掉的那么长，多一点儿都没有。你如果开始走上一条路，那么无论如何一定要继续走下去，你只会有所得，你不会有危险，也许最终你会倒下，但是如果你走了一步之后就回头，即使只是下了楼梯，那么你就等于一开始便倒下了，而且并非也许会，而是确定无疑会倒下的。因而，如果你在过道上找不到所要的，就打开门，门后找不到所要的，还有另一层楼，如果你在上面找不到所要的，这也不打紧，你可以飞奔上新的楼梯。只要你不停止上楼，阶梯永远不会完结，在你向上走的脚步下，梯子不断向上衍生。

谢莹莹 译

Franz Kafka
Das erzählerische Werk

Der Bau

【荆棘丛】

我误入一块穿不过的荆棘丛,大声喊公园管理员,他立刻就来了,但是他到不了我跟前。"您是怎么到那荆棘丛中去的呀,"他叫喊着,"您不能从原路走出来吗?""不可能,"我喊着回答他,"我一边静静散步,一边想事情,忽然就发觉自己陷在这里面了,简直就像是我到这儿以后树丛才长起来似的。我出不来了,我完了。""您简直像个孩子,"管理员说,"自己先从一条禁止通行的路挤到这野树丛中,现在又诉苦。您又不是在原始森林里,您是在公园里,有人会把您弄出来的。""公园里就不应该有这样的树丛,"我说,"人家怎么救我呢,谁也进不来。要救我的话,就得马上动作,天已很晚,夜里在这儿我可受不了,我已经被刺刮得伤痕累累了,我的夹鼻眼镜掉到地上去了,找也找不着,没有眼镜我等于半瞎。""是没错,"管理员说,"不过您还得耐心稍等一会儿,我怎么也得先找来工人砍出一条路,而在这之前得先拿到公园管理处主任的许可。所以,您得有点耐心,还得有点男子汉气。"

谢莹莹 译

Franz Kafka
Das erzählerische Werk

Der Bau

〔一条狗的研究〕

我的生活发生了怎样的变化啊,可从根本上看又没什么变化!现在回首往事,怀想我还生活在狗类中的时光,那时我忧他们之所忧,是他们中的一员,现在细细观察却发现,这从一开始就有些不对头,就有一个小小的断痕,当我置身于最可尊敬的狗民族的活动中时,总有些不自在,有时甚至在很熟悉的圈子里,不,不是有时,而是经常,我只要看见一位可爱的狗同胞,仅仅是看见,只要发现他有什么新鲜之处,就觉得难堪、惊骇、手足无措,甚至感到绝望。我做了一些努力来宽慰自己,听我吐露过这心事的朋友们也帮助我,于是岁月过得安宁些了。——其中虽然不乏意外,但我较从容地面对他们,较从容地将之纳入生活,他们可能使我感到忧伤疲惫,另一方面却使我挺了过来,表明我有些冷漠、拘谨、胆怯、精打细算,总体上看却是条不折不扣的狗。假若没有这些休养间隙，我怎么可能活到这把年纪，安享天年？我怎么可能最终达到这种安宁，以这种平静的态度观察我年轻时的恐惧并承受我年老时的恐惧？我怎么可能从我自己所承认的不幸或者——说得谨慎些——不很幸运的天性中得出结论，并几乎完全依据这些结论生活？我离群索居，形影相吊，只从事我的毫无希望却不可或缺的小研究，我就这样生活着，但并没有因为相距遥远而失去对本民族的宏观把握，经常有消息传到我这儿来，我也时不时地让他们听到我的消息。大家对我很尊敬，不理解我的生活方式，却并不介意，就连我偶尔看见的远远跑过的小狗们也毕恭毕敬地向我问好，他们是新的一代，我一点儿也想不起他们小时候的样子。可别忘了，我虽然有种种怪异之处，却并没有完全脱离狗类。我细加琢磨——我有时间、兴致和能力这样做——，发现狗类真奇妙。

除了我们狗之外，周围还有多种多样的生物，可怜的、微小的、闷声不响的、只会叫几声的生物，我们中有许多狗研究他们，给他们命了名，试图帮助他们、优化他们等等。我对他们则漠不关心，只要他们不试图打搅我，我分不清他们，看也不看他们一眼。有一点却很显眼，就连我也注意到了：与我们狗类相比，他们太不团结了，彼此形同陌路，既没有高级也没有低级利益将他们联系起来，任何利益反倒使他们互相之间比在通常的平静状态更疏远。我们狗类则相反！可以说，我们确实全都抱成一团，不管岁月所造成的无数深刻差异使我们之间怎样千差万别。全都抱成一团！我们都往一处挤，什么也阻止不了，我们的所有法律和机构，不管是我还记得的少数几个，还是我已忘记的无数个，都源于我们所能达到的这一最高幸福、这种温暖的聚集一处。这却有其对立面。据我所知，没有任何生物像我们狗一样生活得如此分散，没有任何生物在等级、种类和职业上有如此众多、不可胜数的差别，我们想抱成一团——不管怎样，激情澎湃时我们屡次达到了这种状态——却偏偏生活得遥遥相隔，我们各自所从事的职业就连比邻而居的同胞也常常无法理解，我们所恪守的规章并非狗类的规章，甚至与之相悖。这是多么麻烦的情形，大家宁愿避而不谈——我也理解这种观点，甚于理解我自己的观点——可我已完全沉迷其中了。我为什么不像别的狗一样，与民族和谐共处，对有损和谐的事悄然接纳，视之为大计算中的小错而忽略不计，始终着眼于将我们幸福地联系在一起的事，而不是不可阻挡地把我们拽出民族圈的事？我想起了少年时的一件事，我当时处于那种莫名而飘飘然的兴奋状态，大家小时候恐怕都经历过这种激动，任何事我都喜欢，任何事都与我有关，我觉得身边正发生着大事，我是这些事的指挥者，必须为之摇旗呐喊，我若不为之奔走，不为之晃动身躯，他们必定会可怜巴巴地匍匐在地，哎，这些孩子的幻想随着岁月的流逝而烟消云散，当时却十分强烈，把我完全迷住了，当然也确有非同寻常的事发生，似乎印证了这种疯狂的期待。其实事情本身并无异常之处，类似的，甚至比这更奇怪的事我后来屡见不鲜，当时却对我触动很大，给我留下了头一个深刻、不可磨灭、对许多接踵而来的事具有指导意义的印象。我当时遇到一小群狗，说得确切些，不是我遇到他们，而是他们朝我走来。我当时在黑暗中跑了许久，怀着对大事的预感——这种预感当然很容易落空，因为我老有这种预感——我在晦暗中漫无目的地跑了许久，完全被朦胧的渴求所驱使，我突然停住脚步，觉得就是在这儿，抬头一看，天已大亮，只是有些雾蒙蒙的，我乱吠几声问候清晨，就在这时——仿佛是我的叫声招来的——随着一阵可怕的喧闹声，不知从哪个黑暗之处走出来七条狗。若不是我已看清他们是狗，已听出是他们发出了这喧闹声——尽管我并不知道他们是怎样发出这声音的——肯定撒腿就跑了。于是，我待着没动。我当时对狗类所特有的音乐天赋还几乎一无所知，我的观察力尚处于萌芽阶段，没有注意到这一点，大家只是试图对我暗示过，因此对我来说，这七位伟大的音乐艺术家的出现更为意外，简直惊心动魄。他们不说，不唱，全都像是憋足了劲保持沉默，却从这空荡荡的地方幻化出了音乐。一切都是音乐，他们的抬脚落脚，头部的某些转动，他们的奔跑与止步，他们相互间摆出的姿势，他们轮舞般的相互交错，一位把前爪搭在另一位的背上，所有七位依次这样做，第一位就肩负着所有其他各位的重量；或者他们伏地而行的身体交相缠绕，他们从不会出错，就连最后一位也不会，尽管他还有些拿不准，不是总能马上跟上其他几位，旋律响起时有时有些摇晃，这也只是相对于另几位高超的万无一失而言，即便他很拿不准，甚至一点儿也拿不准，也于事无损，因为另几位大师牢牢地掌握着节奏。然而我几乎看不见他们，看不见他们中的任何一位。他们走了出来，我打心眼里把他们当作同胞来问候，尽管伴随他们而来的喧闹声把我弄糊涂了，但他们确实是狗，和你我一样的狗，我习惯性地观察他们，就像观察路上碰到的狗，想接近他们，与他们互致问候，他们也的确近在咫尺。他们虽然比我年长许多，不是像我这种毛茸茸的长毛狗，但对他们的个子和体形我倒也不很陌生，甚至相当熟悉，我见过不少这种或类似的狗。但是，当我还这样左思右想时，音乐愈来愈势不可挡，紧紧抓住了我，把我从这些实实在在的小狗身边拽开，我不情愿地拼命反抗，嚎叫，仿佛疼痛难忍，却无可奈何，只能沉浸在音乐里，音乐从四面八方铺天盖地般涌来，把听众置于中心，向他倾泻，向他压来，将他压垮之后，还从那已远得不大听得见的地方传来号角声。我重新获释，因为我已被彻底击垮，精疲力竭，虚弱不堪，什么也听不了，我重新获释，看这七条小狗的列队表演，看他们蹦跳，不管他们看上去怎样不乐意，我还是想跟他们搭话，向他们请教，问他们究竟在这儿做什么——我是个孩子，以为任何时候都可以向任何一条狗发问——但我刚要开口，刚要感觉到与这七位之间亲密美好的同胞关系，他们的音乐又响了起来，使我不知不觉地兜着圈子，仿佛我自己也是乐师之一，而我其实不过是他们的牺牲品，不论我怎样求饶，音乐还是把我抛来甩去，终于将我推进一团乱糟糟的树丛中，使我摆脱了它的淫威。我这才注意到，这一带遍布着这种树丛，我此时身陷其中，耷拉着脑袋，虽然那边空地上音乐还震天响，我毕竟有了片刻的喘息之机。说真的，使我感到惊异的，不仅是他们的艺术——这种艺术是我无法理解也无法推想的，它完全超出了我的能力——更是他们的勇气，他们敢于堂而皇之地摆出自己的创作，还有他们的力量，他们能泰然承受自己的创作而不被它压垮。当然，当我这时从藏身之处更仔细地观察一番，却发现他们的表演与其说是泰然，不如说是极度紧张。乍一看，他们的腿运动得十分稳健，其实每走一步都不住地颤抖着，战战兢兢地抽搐着，他们用近乎绝望的目光彼此呆望着，一再被收回嘴里的舌头旋即又耷拉出来了。使他们如此紧张不安的，不可能是对成败的担心；谁要是敢于这样做并且做到了，就没什么可担心的，究竟还有什么可担心的呢？到底谁在强迫他们现在这样做？我再也忍不住了，尤其因为我不知怎的觉得他们这时需要帮助，于是我不顾所有的喧闹声，大声质问他们。他们却——不可思议！不可思议！——不回答，仿佛我根本不存在，而狗对同胞的问题置之不理，这是与良好风俗相悖的行径，不管是在什么情况下，无论是最小的还是最大的狗这样做，都不会得到原谅的。难道他们不是狗？但他们怎么可能不是狗呢？我更仔细地倾听，甚至听到了他们在轻声呼喊，以此相互加油，提醒注意困难，告诫别犯错误，这些话大多是针对最后那条小狗的，我看见他不时地瞟我几眼，似乎很想回答我的问题，却又竭力忍住，因为回答是不允许的。然而为什么不允许呢？我们的法律一贯要求无条件做到的事，这次为什么不允许呢？我怒火中烧，几乎忘记了音乐，这些狗触犯了法律。不管他们是多么了不起的魔术师，也必须遵守法律，这是我这个小孩也很清楚的道理。从树林里望出去，我看到了更多。假如他们是出于负罪感而沉默，那他们确实应该沉默。我之前完全沉溺在音乐中，一直没注意他们的表演，这些可怜的家伙全然不顾羞耻，做出了最可笑而且最不正经的举动，用后腿直立行走。呸，见鬼去吧！

他们赤裸裸的,还炫耀自己的裸体;他们对此洋洋自得,一旦某一刹那在良好的天性驱使下放下前腿,就大为惊骇,仿佛犯了错,仿佛天性是个错误,他们立刻抬起前腿,目光似乎在请求原谅,原谅他们暂时中断造孽。世界颠倒了吗?到底是怎么回事?虑及自身的处境,我不能再犹豫了,我从团团围住我的灌木丛里一跃而起,朝那些狗跑去。我这个小学生必须当老师了,必须让他们明白自己在干什么,必须阻止他们继续造孽。"这些老狗!这些老狗!"我不停地说着。但我刚刚离开树丛,离他们只有两三跳远时,喧闹声又把我制服了。我原本可能甚至挡住这我已熟悉的喧闹声,它虽然充盈在天地之间,很可怕,也许却是可被战胜的。然而,穿过这铺天盖地的喧闹声,从远方传来一种清晰、严厉、均衡、一成不变的声音,或许是这喧闹声中的真正旋律,它迫使我屈服。哎,这些狗的音乐多么令我着迷!我无能为力,再也不想教训他们了，随他们叉开双腿造孽，随他们诱惑别的狗犯下静观的罪孽吧！我是条微不足道的小狗，谁能要求我承担如此艰巨的任务呢？我哀鸣着，使自己显得更微不足道，倘若他们这时征求我的意见，我也许会说他们做得对，不一会儿他们就带着所有的喧闹声和光亮重新消失在黑暗中了。

我刚才已说过，整个事件并无奇特之处，在漫长的生命历程中，谁都会遇到一些事，如果把这些事孤立起来并从孩子的眼光来看，更会觉得不可思议。另外，像对所有事一样，大家当然可以把这件事"说走样"——这个词切中要害——，说成这样的：七位音乐家聚在一起，想在静谧的清晨演奏音乐，一条小狗瞎闯进来，他们试图用特别可怕和庄严的音乐赶走这名讨厌的听众，却是枉然。他用一个又一个问题打扰他们，音乐家们对这位不速之客的出现就已很厌烦了，难道还应当烦上加烦回答他的问题吗？尽管法律规定对每条狗都应有问必答，但这条瞎闯进来的小不点儿也算是一条值得认真对待的狗吗？而且，他提问时口齿不清，相当费解，他们可能根本就没听懂。也可能他们听懂了他的问题，并克制自己做了回答，但这个小不点儿，这个音盲，无法将他们的回答从音乐声中分辨出来。至于后腿嘛，或许他们那天确实破天荒地只用后腿行走。这是罪孽，没错！但他们私下聚会，又是朋友关系，就像在自己家里一样，就像独处一样，因为朋友并非公众，既然没有公众，一条四处乱跑的好奇的小狗也算不上公众，这不就跟什么事也没发生一样吗？并非完全如此，却也差不多。另外，做父母的应当教育孩子少在外面乱跑，遇到这种事最好保持沉默，尊敬长辈。

如果到这个地步，这件事也就解决了。当然，在大狗们看来已解决的事，对小狗来说还没有。我四处奔走，讲述，询问，控诉，研究，遇到一条狗就想把他带到事发地点，指给他看我当时站在哪儿，那七位又在什么位置，他们是怎样跳舞奏乐的，如果有谁跟我过来，我为了描述清楚，兴许会不惜牺牲我的纯洁，也试着用后腿直立行走，但他们无一例外地甩掉我，嘲笑我。大家虽然对孩子所做的一切都看不惯，最终却会原谅他。而我一直这样天真未泯，就这样步入了老年。对这件事，我现在当然已不觉得那么了不得了，那时我没完没了地高声谈论，分析它的各部分，衡量当事者，丝毫不顾及我所处的社会，一天到晚就忙这事，我对它的厌烦程度丝毫不亚于其他同胞，但正因如此，我——这便是区别所在——试图通过研究弄个水落石出，以便有朝一日又能把目光转向普通、宁静、幸福的日常生活。那以后，尽管工作方式少了些孩子气——不过区别并不很大——我始终像当时那样工作，到现在仍然如此。

事情是从那场音乐会开始的。对此我并无

怨言，我的天性在此起了作用，即使没有那场音乐会，它肯定也会找到另一个突破之机的。只不过事情来得太快了，这时常令我感到遗憾，因为它夺走了我的大部分童年时光，小狗的幸福生活，有些同胞能使之持续数年之久，我却只有短短几个月。这倒也罢了！世上还有比童年更重要的东西。说不定我在老年时——这是艰辛生活的结果——会迎来更多的童年幸福，并且我有力量承受这种幸福，而一个真正的儿童则缺少这种承受力。

我那时是从最简单的东西开始我的研究的，材料并不匮乏，可惜，材料的浩繁使我上下求索时陷入了绝望。我首先研究狗类以什么为食。大家会说，这当然不是一个简单的问题。从远古时代起，我们一直在研究它，它是我们思考的主要对象，我们在这一领域所做的观察、试验以及所持的观点，可谓不计其数，它成了一门科学，其规模之宏大，不仅超出了个体的理解力，而且超出了全体学者的理解力之总和，最终只能由整个狗类来承担，即便整个狗类也承担得唉声叹气，不能完全胜任；这笔早已被占据的古老财富里不断出现纰漏，狗类不得不吃力地修修补补，至于新研究所面临的困难以及难以具备的前提条件，就更不用提了。大家无需以此来反对我的研究，这一切我都知道，和任何一条正常的狗一样。我无意涉足真正的科学，我对它怀着应有的尊敬，却缺乏为之添砖加瓦所需的学识、勤奋、安宁和胃口，后者最近几年尤其缺乏。我找到食物就一口吃进肚子里，没觉得吃之前值得做一些有条理的农业观察。在这方面，我认为掌握一切科学的精髓就够了，就像母亲让孩子断奶走入生活时所说的小规则："尽你所能，把一切弄湿。"一切不都尽在其中了吗？从我们的远祖就已开始的研究，对此做过什么举足轻重的补充呢？细节，细节，这一切多么靠不住！而只要我们仍然是狗，这个规则就颠扑不破。它涉及我们的主食；诚然，我们还有别的辅助食物，但在危急关头以及年景不太糟时，我们可以以主食为生，我们在土地上觅食，土地则需要我们的水，它以此为生，只有我们付出这一代价，土地才给予我们食物，还有一点不可忘记，我们可以通过某些咒语、歌唱和动作来加速食物的出现。我认为这就是全部了，从这方面对这个问题没有什么根本性的东西可说了。在这一点上，我与大多数狗看法一致，任何与此相左的异端邪说，我都严加排斥。说实在的，我并不想独树一帜或强词夺理，能与同胞们看法一致，我深感欣慰，在这个问题上就是这样的。但我自己的研究走的是另外一条路。从现象可以看出，如果按科学规则来浇灌和耕作土地，土地就能提供食物，并且在质量、数量、方式、地点和时间上符合那些完全或部分由科学所确定的法则。这一点我承认，但我要问的是："土地从哪儿得来这些食物？"对这个问题，大家往往佯装听不懂，顶多回答一句："你要是不够吃，我们可以分给你一些。"这个回答值得注意。我知道：把到手的食物分给同胞，这并非我们狗类的美德。生活艰难，土地贫瘠，科学中充满了丰富的认识，却缺乏实际成果；谁有食物，就留着自己享用；这并非自私，恰恰相反，这是狗类的法则，是民众的一致决定，它源于对私欲的克服，因为拥有食物者总是少数。所以，"你要是不够吃，我们可以分给你一些"这个回答是句口头禅，一句玩笑话、打趣话。我没有忘记这一点。对我来说意义更为重大的是，当我满世界询问时，大家并没有跟我开玩笑；尽管他们总是没东西给我吃，——话说回来，他们上哪儿去弄食物呢？即使他们恰好有可吃的，自然因为饥肠辘辘而顾不上考虑同胞了，但他们说这话是真心诚意的，我要是抢得快，有时还真能得到点小东西。他们为什么对我这样特别，这样爱护我、优待我呢？

难道是因为我瘦骨嶙峋，营养不良，很少为食物操心？但营养不良的狗到处都是，他们哪怕有一丁点可怜的食物，也会被从嘴边抢走，这并非出于贪婪，而往往是出于原则。不，他们是在优待我，我虽然难以举出实例，却有这种确凿的印象。这么说是因为我的问题？是因为我的问题使他们感到高兴，他们认为我的问题特别聪明？不，他们并不高兴，认为一切问题都是愚蠢的。尽管如此，引起他们注意我，只可能是我的问题。似乎他们宁愿做出难以置信的事，拿食物堵住我的嘴——他们没有这样做，但他们有这种意图——也不愿忍受我的问题。不过如果真是这样，他们尽可以把我赶走，禁止我提问题，这岂不更省事。不，他们不想这样做，虽然不愿听见我的问题，却也恰恰因为我的这些问题而不想把我赶走。尽管他们对我百般嘲弄，把我当作一头愚蠢的小动物来对待，将我推来搡去，那段时间却是我声望鼎盛之时，之后再也没有出现类似情形，那时我可以到处随意出入，不受任何阻拦，他们表面上对我很粗暴，其实是在对我溜须拍马。而这一切都只是因为我的问题，我的急躁和我的研究欲。他们是不是想以此麻痹我，不用动武，以近乎慈爱的方式使我迷途知返，而他们又不能完全确信我走的是歧路，因此不敢使用暴力，而且，一定的尊敬和畏惧也阻止他们这样做。我那时已有这种感觉，现在则是一清二楚，比那时这样对待我的狗更清楚，不错，他们想把我从我的道路上引开。他们没有成功，结果适得其反，我的注意力更集中了。我甚至发现，是我想引诱他们，而且我的引诱在某种程度上还真取得了成功。多亏狗类的帮助，我才开始明白我自己的问题。比如，当我问"土地从哪儿取得食物"时，我是在——看起来可能是这样的——关心土地吗？关心土地的烦忧吗？根本不是。我很快就认识到，土地与我毫不相干，我关心的只是狗,别的什么也不关心。因为除了狗还有什么呢? 在这茫茫无边的世界上,除了狗我还能呼唤谁呢? 一切知识,所有问题和答案的总和,都蕴含在狗之中。倘若能使这些知识产生效用,将其展示出来,倘若他们所知道的并不比他们承认并对自己承认的多得多,那该有多好! 就连最健谈的狗也比美味佳肴通常所在之处更难接近。他们围着别的狗转悠,欲火中烧,用尾巴打着自己的身子,询问,请求,嗥叫,撕咬,得到的却是不费吹灰之力就能得到的: 深情的聆听,友好的触摸,毕恭毕敬的嗅闻,热烈的拥抱,我的嗥叫与你的嗥叫混成一片,一切都是为了在迷醉中找到忘却,然而最想得到的还是得不到: 承认知识。无论这个请求是无声还是大声提出来的,如果诱惑已达极限,它所得到的回答充其量不过是麻木的表情、乜斜的目光、低垂无神的眼睛。这跟我小时候呼唤那些音乐狗,他们却沉默不语的情形差不多。可能大家会说："你责怪你的同胞，责怪他们在关键问题上保持沉默，你声称，他们知道的比他们承认的多，比他们想运用到生活中的多，他们的缄默——对其原因和秘密，他们当然也保持缄默——毒化了生活，让你无法忍受，你要么改变要么放弃这种生活，你说的可能也对，但你自己也是条狗，同样拥有狗的知识，那你就说出来吧，不仅以提问方式，还要做出回答。你要是把它说出来，谁会阻拦你？众狗会齐声附和，仿佛他们期待已久。这样你不就得到了真理、明确性、承认？想要多少就有多少。你所深恶痛绝的这种低贱悲惨生活的屋顶就会敞开，我们所有的狗都将一条接一条升上自由的天空。即使这最后一点没能实现，即使情况比先前更糟，即使全部真理比部分真理更不堪忍受，即使事实证明，沉默者作为生活的维护者做得对，即使我们现存的一线希望将变成彻底的绝望，试试把话说出来还是值得的，既然你不愿过这种你可以过的生活。总之,你为什么指责别的狗沉默不语,自己却保持缄默呢?"回答很简单:因为我是狗。我在本质上与别的狗一模一样,也三缄其口,抗拒自己的问题,由于恐惧而态度生硬。我向狗类提问——确切地说,至少从成年时起——难道是为了得到回答吗?我会存有如此愚蠢的希望吗?难道我一边目睹着我们生活的根基,感觉到根基之深厚,看见劳动者在建造,在忙着晦暗不明的活儿,一边仍希冀这一切随着我的问题而被终止、毁灭、摈弃吗?不,我确实不再这样希冀了。我的问题只会让我自己忙个不停,我想用沉默这个我从周围得到的惟一回答给自己以鼓劲。倘若你的研究使你越来越清楚地意识到,狗类缄默并将永远缄默,你将忍受多长时间呢?你将忍受多长时间,这就是我的超越于所有个别问题之上的真正的生命之问;它只是对我自己提出的,不烦扰任何别的狗。可惜,对此我回答起来比个别问题更容易：我将忍受到我寿终正寝之日，老年的安宁会越来越抗拒不安宁的问题。我大概会在沉默的包围中沉默安详地死去，我会从容地面对死亡。仿佛是命运的恶意安排，我们狗类天生就有一颗强壮的心脏，一对不过早衰竭的肺，我们抗拒一切问题，包括我们自己的问题，沉默的堡垒就是我们自己。

最近一段时间，我越来越频繁地思考我的生活，试图找出我可能犯下的那个贻害无穷的关键错误，却又找不到。我一定犯过这样的错误，因为倘若我没犯过这种错误，我这长长一生的辛勤工作还是没能使我得到我所想得到的，那就说明我想要的东西是可望而不可即的，结果就会导致彻底的绝望。看看你毕生的事业吧！最初是研究"土地从哪儿为我们取得食物"这一问题。一条年轻的狗，心底里自然十分渴望享受生活，却放弃一切享受，避开所有娱乐，遇到诱惑就把头埋在两腿之间，一心扑在工作上。

我的工作无论就学识、方法还是意图而言，都不是学者的工作。这大概就是错误所在，但这不可能起过关键作用。我学识浅薄，因为我早早就离开了母亲，很快就习惯了自立，过着独立的生活，而过早的自立是不利于系统地学习的。可我耳闻目睹了不少，与各种各样、各行各业的狗交谈过，自以为对所有事的悟性还不算差，能把个别观察有机地联系起来，稍稍弥补了学识的欠缺。另外，独立性虽然不利于学习，对独自的研究却大有裨益；它对我来说尤为重要，因为我没有研究科学的正规方法可遵循，既利用前辈的成果并与当代的研究者取得联系。我自力更生，白手起家，时刻意识到，有一天我将偶然画上的句号必定是最终的句号，这种意识在年轻时使我振奋，到了老年却令我沮丧。我真的这样单枪匹马地在从事我的研究吗？现在和以往一直如此？既是又不是。无论过去还是现在，偶尔总有个别的狗处于我的境地，不可能不是这样的。我的境况还不至于糟到这种地步。我丝毫没有脱离狗的天性。每条狗都和我一样爱提问,我和每条狗一样爱沉默。每条狗都爱提问。否则我的问题不会引起一丝涟漪的。目睹我所引起的震动,我常常感到迷醉和飘飘然的喜悦。至于我爱沉默,可惜这一点无需特别的证明。我与任何别的狗本质上并无二致,因此,不管我们之间有多少意见分歧,存在着多深的反感,大家其实都会承认我,我对他们各位也会如此。我们的不同只是因为元素的混合千差万别,这对个体来说是重大区别,对整个狗类而言则无关紧要。如果这些始终存在的元素的混合从古至今从未产生过与我相似的情形,而且我的混合堪称不幸,这样一来不就更不幸了吗? 这似乎与所有别的经验相悖。我们狗所从事的职业千奇百怪,要不是消息极为可靠,谁也不会相信的。说到这儿,我最喜欢举的例子就是空狗。当我第一次听说有这样的狗时，不禁哈哈大笑，怎么也不肯相信。这是什么样的狗呢？据说这种狗个子极小，比我的脑袋大不了多少，到了老年也不会变大，他自然身体虚弱，看上去像造出来的玩意儿，发育不完全，皮毛梳理得过分精细，像样地跳一下也不会，据说他通常在高空活动，却并不从事看得见的劳动，而是安歇。不，要让我相信这种无稽之谈，我觉得简直是在滥用小狗的天真烂漫。然而没多久，我又从别处听到了有关另一条空狗的传闻。莫非大家串通好了来捉弄我？可我接着就碰见了那些音乐狗，从此我便相信，一切都是可能的，我的理解力不再受任何偏见的局囿，再荒诞的谣言我也竖起耳朵听，穷追不舍，我觉得在这荒诞的生活中，最荒诞的事比最有意义的事更有可能发生，并且对我的研究特别有启发。空狗也是如此。我听到了许多有关他们的传闻，虽然至今未能亲眼见到一条，但对他们的存在我早已深信不疑，他们在我对世界的想象中占有重要位置。就像在大多数情况下一样，这里最引我深思的当然也不是艺术。谁也不能否认，这些狗能飘浮在空中，这真是不可思议，我和狗类一样对此惊讶不已。但我觉得更不可思议的是这种存在物的荒诞，缄默的荒诞。总体上大家并没有探究这种荒诞，他们飘浮在空中，仅此而已，生活一如既往地按其规律继续，大家偶尔说起艺术和艺术家，仅此而已。可是天性善良的狗类，这些狗为什么只飘浮在空中？他们的职业有什么意义呢？为什么得不到对他们的任何解释？他们为什么飘浮在空中，让四条腿——这是狗类的骄傲——萎缩？他们为什么脱离滋养他们的土地，不劳而获，据说甚至靠狗类养着，吃得特别好？我深感荣幸的是，我的问题引起了一些反应。大家开始论证，开始收集理由，他们开始做了，仅此而已。不管怎样，毕竟有所行动了。他们虽然没有揭示出真理——这是永远不可能达到的——却揭示了谎言的某些深刻根基。我们生活中的所有荒诞现象，尤其是最荒诞的现象，均可得到解释。当然不是全部——这是天大的笑话——却也足以应付难堪的问题了。不妨再举空狗为例。他们并不像大家起初可能认为的那样高傲，反倒特别依赖同胞，只要设身处地地想想他们的处境，就会明白这一点。他们不能坦言——这会违反缄默义务——就不得不以某种别的方式为自己的生活方式寻求谅解，或者至少分散大家对这种生活方式的注意，使之被忘却，据说他们的做法是使大家难以忍受的喋喋不休。他们滔滔不绝，一会儿大谈自己的哲学思考——由于完全放弃了体力劳动，他们得以持续不断地从事哲学思考——一会儿大谈他们在高空的观察所得。尽管他们的智力不很出众——这是游手好闲的生活的必然结果——而且他们的哲学和他们的观察一样毫无价值，对于科学毫无可取之处，况且科学并不依赖这点可怜的帮助,尽管如此,你若问起空狗究竟是干什么的,得到的回答总是:他们在为科学做出巨大贡献。你若再说一句:"不错,但他们的贡献毫无价值,很讨厌。"得到的回答就是耸肩、转移话题、满脸愠怒或哈哈一笑,你若过会儿再问,回答仍然是他们在为科学做贡献,最后当你自己被问到时,稍不留神也会给出同样的回答。或许还是少些固执、多些让步为好,既然不承认业已存在的空狗的生存权——承认是不可能的——姑且容忍他们吧。但不能提出更高的要求,否则就太过分了。然而大家还不肯罢休,要求容忍不断涌现的新空狗。大家根本不清楚这些狗来自何方。他们是通过繁殖来增加成员的吗? 难道他们还有繁殖的能力? 他们不过是张漂亮的毛皮,怎么可能繁殖呢? 纵然不可能的事也可能发生,这是在什么时候发生的呢? 大家总是看见他们独自待在空中,怡然自得,即使偶尔下到地面,也只是短短一会儿时间，装模作样地跑几步，他们总是独来独往，沉浸在思索 —— 他们自称竭尽全力也无法摆脱 —— 之中。然而如果他们不繁殖，会有狗甘愿放弃平地上的生活，甘愿变成空狗，牺牲舒适和某种技能，选择空中垫子上的那种荒凉生活吗？这是不可想象的，无论繁殖还是自愿加入都是不可想象的。而明摆着的事实是，新的空狗层出不穷；由此可见：即使存在着我们理智所认为无法逾越的障碍，一种业已存在的狗，不管他有多古怪，都不会灭绝，至少不会轻易灭绝，至少在任何一类狗中都不乏长期成功地对抗灭绝的因素。既然像空狗这样古怪、荒诞、奇形怪状、缺乏生活能力的狗类尚且如此，我这类狗不也应这样吗？何况我长得一点儿也不古怪，一副普普通通的样子，至少在这一带很常见，既无特别出众之处，也无特别可鄙之处，在我的青少年时期以及壮年的某些时期，我只要修修边幅，多活动活动，甚至称得上一条相当漂亮的狗呢，特别是我的正面形象备受赞赏，修长的腿、优美的头部姿态，就连我那身灰白黄三色相间、顶端微微卷曲的皮毛也很受喜爱，这一切并不古怪，古怪的只是我的性格，不过它也扎根于狗类的普遍性格，这是不容忽视的。既然空狗都不是独一无二的，在狗的大千世界中时不时地找得到这种狗，他们甚至无中生有地不断产生新的后代，那我也可以坚信，我不是孤孤单单的。当然，我的同类一定有着特殊的命运，仅仅因为我几乎认不出他们，他们的生存永远不可能助我一臂之力。我们是被沉默压得喘不过气来的狗，出于对空气的渴望，我们想打破沉默，别的狗却似乎对他们的沉默感到很满意。即便这只是表面现象，就像那些音乐狗，他们看上去是在镇定自若地奏乐，其实心里紧张不安，但这种表面印象十分强烈，我试图克服它，它则对一切攻击加以嘲讽。那我的同类是怎样自救的呢？他们为了生活做着怎样的努力呢？做法可能各种各样，我年轻时就一直以我的问题在做努力。或许我可以看准那些频频提问者，将他们认定为我的同类。有一阵子，我确实克制自己努力这样做了，之所以克制自己，因为我最关心的是那些应当回答问题者，而那些老用问题——我大多答不上来——来烦我的提问者是我所讨厌的。再说了，谁年轻时不爱提问题呀，我该如何从众多提问者中找出同类呢？所有问题听起来都差不多，关键在于其意图，而意图总是深藏不露的，往往连提问者自己都不清楚。说穿了，提问是狗类的一大特征，众狗七嘴八舌地都在提问，似乎这样就抹去了真正的提问者的蛛丝马迹。不，在提问者、年轻的狗中，我找不到同类，而在沉默者、年老的狗中——我现在也属此列了——我同样找不到。那我的问题还有什么用呢？我的问题以失败而告终。我的同类大概比我聪明得多，采取了截然不同的手段来忍受这种生活,这些手段——我按亲身体会补充一句——在危急时刻对他们可能有所帮助,起到镇定、麻醉、变异的作用,但总的来说,这些手段同我的一样无济于事,因为我四处观望,也没有看到一点成效。我担心,要认出我的同类,从其他任何方面倒比从成效上更容易些。我的同类究竟在哪儿呢?是的,这的确是我的悲哀。他们在哪儿呢?无所不在,无处可寻。也许那位与我只有三步之遥的邻居就是,我们经常互相打招呼,他有时还来拜访我,我却没去过他那儿。他是我的同类吗?不知道,从他身上我看不出这种迹象,但可能性是存在的。然而没有比这更不可能的事了;当他在远处时,我可以尽想象力之所能,在他身上找出某些惺惺相惜之处,一旦他站在我面前,我的所有臆造就显得十分可笑了。他是一条老狗,个子比中等身材的我还小,棕色短毛,无精打采地耷拉着脑袋,步子拖拖拉拉,左后腿因有疾患而一瘸一拐的。我已很久没有跟谁走得这么近了，我很高兴自己还能勉强忍受他，每当他离开时，我就在他身后对他大声说些最友好的话，当然不是出于爱，而是在生自己的气，因为当我目送他走远时，看他拖着那条病腿、吊着屁股蹒跚离去，又只会觉得他很恶心。有时我觉得，脑子里有认他作同类的念头，简直是在嘲弄自己。在我们的交谈中，他也从未显露出某种同类性，虽然他很聪明，而且在我们这儿算是很有学问了，我本可以从他那儿学到很多东西，但我所寻找的难道是聪明和学问吗？我们通常谈论的是地方上的问题，我惊异地发现——孤身独处使我在这方面观察得更敏锐了——哪怕是一条普普通通的狗，哪怕是在不太恶劣的一般情况下，为了维持生存，为了在司空见惯的巨大危险面前保全自己，也得具备多少智慧啊！科学给出了规则，但光是粗略地理解这些规则就已不易，即便理解了，真正的困难却才开始，即把规则运用到地方的情况中去是很困难的,在这方面谁也帮不上忙,几乎每小时都会出现新任务,每一寸新土地都有其特殊的任务;谁也不能断言,他已做好了长期的安排,可以听凭生活自行运转,就连我这样的清心寡欲者也不能这样断言。所有这些无穷无尽的努力究竟目的何在?只是为了使自己在沉默中越陷越深,永远不被拽出来。大家常常津津乐道狗类随着时代的发展所取得的普遍进步,大概主要是指科学的进步,这是不可阻挡的,它甚至在加速进步,突飞猛进,可这有什么可夸赞的呢?这就像夸赞某条狗,就因为他随着年岁的增加越来越老,也就越来越快地接近死亡了。这是一个自然而且丑陋的过程,我觉得没什么可夸赞的。我从中只看到了衰落,但这并不是说,我们的前辈本质上比我们好,他们只是年轻一些而已,这是他们的长处,他们的记忆还没有像我们现在这样负荷过重,要让他们说话还比较容易,尽管谁也没有成功过，可能性毕竟要大些，正是这较大的可能性使我们倾听那些古老而幼稚的故事时激动不已。我们时不时地听到一句暗示，简直要欢呼雀跃，不再感觉到几个世纪的重压。不，尽管我对我的时代颇有微词，上几代并不比年轻的几代好，是的，在某种意义上比年轻的几代差得多、弱得多。那时候，奇迹当然也并非遍布街头、俯拾可得的，但那时的狗还不像现在这么——我找不出别的词来表达——狗性十足，狗类的组织还比较松散，真话还能起作用，还能对事物加以确定、修改、随意改动、使其转向反面，那时真话还在，至少近在咫尺，就在嘴边上，谁都能知道它，现在它到哪儿去了呢？就是搜索枯肠也找不到它。我们这一代可能完了，但我们比那一代更无辜。我们这一代的犹豫我能理解，其实根本不再是犹豫，而是忘却一个梦，这梦一千夜前做过，已被忘记一千次了，谁会偏偏因为这第一千次忘却而生我们的气呢？我想我也能理解我们祖先的犹豫，我们要是处在他们的位置，恐怕也会这样做，我几乎想说，我们真幸运，无需把罪责加在自己头上，可以在这个已被别的同胞弄得乌烟瘴气的世界里，带着近乎沉默的无辜，奔向死亡。我们的祖先走上歧路时，大概没有想到这是一条永无尽头的迷途，他们还真看见了十字路口，随时都可以轻而易举地返回，他们犹豫不决是否返回，只是因为还想享受片刻的狗类生活——那时还没有真正的狗类生活，可这种生活已令他们心醉神迷了，以后，至少片刻之后，这种生活一定会更美好——于是他们继续迷途。他们不知道我们观察历史进程时所能感觉到的：心灵的变化先于生活的变化，当他们开始喜欢狗类生活时，一定已经有了老狗的心灵，离出发点已经根本不像他们所感觉的或他们沉浸在狗之喜悦中的眼睛让自己所相信的那么近。今天谁还能说起青少年时代？那时他们是真正年轻的狗，可惜他们的惟一抱负就是变成老狗，他们当然不会失败，这不仅为随后几代所证明，而且我们这最后一代是最好的证明。—— 所有这些我当然不会与我的邻居谈起，但每当我坐在他这条典型的老狗对面或把嘴埋进他的皮毛（他的皮毛散发出剥下来的皮毛的那种气味）时，常常不由得想到这些。本来谈这些事就毫无意义，不光是跟他谈，跟任何别的狗也是如此。我知道这样的谈话会是什么样子的。他会间或提出几个小小的异议，最终还是会表示赞同 —— 赞同是最好的武器 —— 这样就算盖棺论定了，与其这样，何必费劲把它从坟墓中挖出来呢？尽管如此，我与我的邻居之间也许有一种超越单纯言辞的深刻共性。我不停地这样宣称，尽管我并无证据，或许这只是一个简单的错觉，因为他是我很久以来惟一的交往对象，我不得不抓牢他。"你可能真是我的同类吧？按你自己的方式？你是因为一事无成而感到羞愧吗？瞧，我也和你一样。当我孤身独处时，我常为此号啕大哭，来吧，两条狗在一起毕竟要甜蜜些。"有时我一边这样想，一边目不转睛地望着他。他并不垂下目光，从他的目光中却看不出任何东西，他木然地看着我，奇怪我为什么突然沉默了，为什么停住不说话了。也许这种目光正是他提问的方式，而我令他失望了，就像他令我失望一样。倘若我还年轻，倘若我不觉得别的问题更重要并且过得自得其乐，可能就大声问他了，并将得到一个有气无力的赞同，也就是说，还不如现在他的沉默。但大家不都在沉默吗？我为何不相信大家都是我的同类？我不仅时不时地有过从事研究的同行，他们随着微薄的成果而被埋没和遗忘，而由于以往时代的黑暗或当代的拥挤，我无法再找到他们，我宁愿相信，大家一直就是我的同类，他们全都以各自的方式做着努力，都以各自的方式毫无成效，都以各自的方式保持沉默或狡辩不休，这是这种无望的研究所导致的。既然如此，我也根本不必离群索居，尽可以安心地置身于狗群之中，不必像个淘气的孩子一样从成年者的行列里往外挤，成年者也想往外挤，理智——这是他们身上惟一令我感到困惑的地方——却告诫他们谁也挤不出去，一切往外挤的行动都是愚蠢的。

这些想法显然受了我的邻居的影响，他使我迷惘，令我忧郁；他自己却很快活，至少我听到他在自己的领地里喊叫和歌唱，这很惹我烦。最好把这最后一点交往也放弃掉，不再沉湎于模糊的梦想——不管大家自以为多么久经风雨，狗与狗的交往难免会导致这种梦想——，把我仅存的短暂时光全都用于我的研究。如果他再来，我就躲起来装睡，一再这样做，直到他不再来找我。

我的研究中也出现了混乱，我没那么干劲十足了，动不动就觉得累，不再像以前那样精神抖擞地奔跑，而是机械地慢慢走着。我回想起开始研究"土地从哪儿取得我们的食物"这一问题的时候。那时我当然生活在民众之中，哪儿狗最密集就往哪儿钻，一心想让大家都成为我的工作的见证者，这种见证对我来说甚至比工作本身更重要，因为我还期望产生某种公众效应。从中我当然大受鼓舞，而这对于现在离群索居的我来说，已成过眼云烟。那时我却敢作敢为，做过一些闻所未闻、与狗类的所有原则相悖的事，每位当时的见证者肯定都把它们当作可怕的事来回忆。科学总是追求永无止境的专业化，可我发现，科学在某一点上有值得寻味的简单化倾向。科学告诉我们，主要是土地为我们提供食物，确定了这一前提之后，它又告诉我们获取各种精美丰富的食物的方法。土地为我们提供食物，这当然是对的，这一点毋庸置疑，但也并非通常所说的那么简单，无需做进一步的研究了。就拿天天重复发生的最显而易见的事来说吧，我们如果无所事事——我现在差不多已经是这样了——，草草耕作土地之后，就蜷成一团、静候结果，那么还是——前提是真有结果出现——会在土地上找到食物的。但通常情况并非如此。只要头脑还没有完全为科学所束缚——这样的同胞当然为数不多，因为科学所占的地盘日益扩大——即便不进行任何特殊观察，也会很容易发现，土地上的食物大多是从天而降的，好在我们身手敏捷、垂涎欲滴，甚至在食物落地之前就已抓住了其中的大部分。我这样说并不是与科学作对，食物当然仍是土地提供的，至于土地是否从自身中取出一部分，从天上唤下来另一部分，这也许并非本质区别，科学既然已经断定两者都需耕作土地，恐怕就不必研究这种差别了，常言道："口中有食，问题全消。"不过我觉得，科学以隐蔽的形式至少在对这些事进行局部的研究，因为它知道获取食物的两种主要方法，即真正的土地耕作和补充性的精耕细作,后者表现为咒语、舞蹈和歌唱。这种区分不够全面,却很清晰,我认为它与我所做的区分是一致的。在我看来,土地耕作是为了获取这两种食物,因而永远不可或缺,咒语、舞蹈和歌唱则不大涉及狭义的土地耕作,主要是为了从天上拽下食物来。传统使我更坚信这种看法。在传统中,民众似乎在不知不觉地纠正科学,科学并不敢与之对抗。如果按照科学所说,那些仪式完全是为土地而举行的,以便它有力量从天上获取食物,那么这些仪式理应只在地面举行,理应对土地低语、舞蹈和歌唱。据我所知,科学大概也正是这样要求的。然而奇怪的是,民众的所有仪式都是朝天而行的。这并不违背科学,科学对此并未加以禁止,在这方面给予农民完全的自由,它在创立学说时只考虑土地,只要农民贯彻它的有关土地的学说,它就心满意足了,但我认为按照它的思路,它本应提出更多的要求。我对科学一向知之甚浅，根本无法想象学者们怎能容忍我们富于激情的民众朝天呼喊咒语，向苍天哀唱我们的古老民歌，跳跃着舞蹈，仿佛要把土地抛在脑后，一心只想永远向上飞腾。我以强调这些矛盾为出发点，每当按照科学学说收获季节来临时，我就把自己完全局限于土地，一边跳舞一边刨地；我还扭歪了头，以便尽可能靠近土地，后来我挖了一个坑，以便把嘴凑近坑里歌唱，这样只有土地能听到，我身旁和上边的狗都听不见。我的研究成果甚微。有时我得不到食物，正想为自己的发现而欢呼，食物却又出现了，仿佛大家起初被我的古怪表演弄糊涂了，后来却认识到了这表演的益处，乐于舍弃我的喊叫和跳跃，由此而来的食物常常比先前丰盛，接着却又杳无踪影了。我以年轻的狗前所未有的勤奋，精确地列出了我做过的所有试验，刚以为在某处已找到了引我走向深入的蛛丝马迹，这踪迹却又变得模糊了。在这里，我在科学上的准备不足无疑也是一大障碍。我从哪儿能得到确切的证实，比如说，食物之所以不出现并非由于我的试验，而是因为不科学的土地耕作？如果真是这样，那我的所有结论都站不住脚了。假如我完全不进行土地耕作，只靠朝天的仪式让食物从天而降，然后只靠地面仪式使食物不出现，那我就在一定条件下完成了一项相当精确的试验。我也曾做过这种尝试，却缺乏坚定的信念和完善的试验条件，因为我坚信至少一定的土地耕作始终是必要的，即便对此不以为然的异端邪说者有道理，他们也无法加以证明，因为土地浇灌是不由自主的，在一定程度上是不可避免的。我的另一项试验有些怪僻，要顺利些，引起了一些轰动。既然大家通常都是从空中抓取食物，我决定不仅不让食物落下，而且食物从天而降时也不去抓它。于是，每当食物落下时，我就往上轻轻一跃，这一跃算得刚好够不着；食物往往扑通一声落在地上,我怒气冲冲地扑向它,这怒气不仅因为饥饿,而且出于失望。不过,个别情况下也出现另外一种现象,一件很奇怪的事:食物并不落地,而是随我一起往上跳,食物追随着饥饿者。追随距离并不长,只是一小段,接着食物落地或消失得无影无踪,或者——这是最常见的情形——我在食欲的驱使下提前终止了试验,把食物一口吞下了。不管怎样,当时我觉得很幸福,我的周围在窃窃私语了,大家开始感到不安,开始注意我了,我发现认识我的同胞们比以前能够接受我的问题了,他们眼中闪烁着某种求助的光芒,即便这只是我自己的目光的反射,我别无所求,心满意足。直到我后来得知——别的狗也与我一起得知——这种试验在科学上早已有过记载,而且比我所做的成功得多,虽然因为它所要求的自制力太高,已经很久未做了,但由于它在科学上被视为毫无意义,也就没有重复的必要了。它只不过证明了众所周知的事，即土地从天上拽下食物不仅呈直线、斜线，甚至还呈螺旋形。这就是我当时的研究状况，不过我并不气馁，因为我还年轻，这反倒鼓励我去取得我一生中也许最大的成就。我不相信科学对我的试验的贬低，但关键并不在于相信与否，而在于证据，我想提出证据，使这项当初有些怪僻的试验完全展现出来，并使之成为研究的中心。我想证明，当我避开食物时，不是土地斜着往下拽食物，而是我吸引着它跟在我身后。但我当然无法将这试验引向深入，一边瞧着眼前的食物一边做科学试验，这是难以持之以恒的。可我想另辟蹊径，尽我所能彻底绝食，这期间当然也要避免看见任何食物，避开各种诱惑。如果我就这样深居简出，日日夜夜闭目养神，既不从地上捡食，也不从天上抓食，我不敢断言，但我暗暗希望，不采取任何别的措施，只是靠在所难免、不假思索的土地浇灌以及默念咒语和歌曲（为了不消耗体力，舞蹈我就不跳了），食物就会从天而降，而且丝毫不理会土地，径直敲敲我的牙齿要求入口，倘若发生这事，尽管科学不会被驳倒，因为它对例外和个别情况有足够的伸缩性，但是民众——好在没那么大的伸缩性——会说什么呢？这毕竟不同于历史上流传下来的例外情况，比如某条狗由于疾病缠身或性情忧郁而拒绝准备、寻找和接受食物，狗类便会联合起来齐声念咒，使食物偏离通常的路线，直接落入生病者口中。而我精力充沛、身体健康、食欲旺盛，以至于整天不想别的只想着胃口，不管大家信不信，我是自愿绝食的，我自己有能力获取食物，并且想这样做，所以无需狗类的帮助，甚至严禁他们帮助我。我在一片偏僻的灌木丛里找了一个安身之处，这里听不到谈吃谈喝，听不到吧嗒吧嗒的咀嚼声和啃骨头的声音，我再次饱餐一顿，便在这里躺了下来。我想尽量一直闭着眼睛度过这段时间；只要食物不出现,对我来说就是漫漫长夜,不管这会持续几天还是几周。我当然只可以小睡一会儿,最好根本不睡,这实属不易,因为我不仅得念咒语让食物从天而降,还得留心,以免睡过了食物到来的时刻;另一方面,我又巴不得睡觉,因为我睡着能比醒着饿得更久。由于这些原因,我决定慎重安排时间,多睡觉,但每次只睡一小会儿。为此,我想出了一个办法:睡觉时把头靠在一根细弱的树枝上,树枝过不多久就会折断,这样我就醒了。我就这样躺着,时睡时醒,时而做梦,时而低吟浅唱。起初没发生什么事,也许食物的来源地尚未察觉我在对抗食物的正常运转,因而一切太平。惟一干扰我的努力的是,我担心众狗会发现我的失踪,会很快找到我,采取对付我的措施。我还担心,尽管科学表明这是块不毛之地,但仅仅因为土地浇灌也会产生出所谓的意外食物,食物的气味会诱惑我。幸而目前尚未发生这种事,我可以继续绝食。除了这些担心,起初那段时间我感到前所未有的安宁。尽管我其实是在从事扬弃科学的工作,但我心里充满了惬意,感到近乎科学工作者的那种有口皆碑的安宁。我梦见自己取得了科学的谅解,我的研究在科学中占了一席之地,我的耳畔回响着这样的话:无论我的研究多么成功,而且成功时尤其如此,我决不会被逐出狗类的生活,科学对我抱着友好的态度,将亲自阐释我的研究成果,这一许诺本身即已意味着它的实现,这些话让我深感欣慰,之前我内心最深处一直觉得受排斥,像只无头苍蝇一样直往民众的墙壁上撞,而现在,我将很体面地被民众所接纳,浑身洋溢着我渴盼已久的那种众狗聚在一起散发出的温暖,我将在民众的肩膀上摇晃,备受赞赏。这是绝食初期造成的奇特效果。我觉得自己成绩斐然,出于感动和自怜,不禁在那安静的灌木丛里哭了起来,这当然有些费解,因为,如果我期望得到这应得的报偿,那我为何哭泣呢? 大概只是由于惬意。我从来就不喜欢我哭。我总是在感到惬意时 —— 这种时候相当少 —— 才会哭。当然好景不长。随着饥饿的日益加剧,美梦逐渐消逝,没多久,当一切幻想和所有感动都匆匆远去后,就只有烧灼肺腑的饥饿与我为伴了。"这就是饥饿。"我当时无数次地这样自言自语,仿佛想让自己相信,饥饿与我仍是两回事,我可以像甩掉一个讨厌的情侣一样甩掉它,然而我俩其实已极为痛楚地融为一体了,当我向自己解释"这就是饥饿"时,实际上是饥饿在说话,是它在嘲笑我。那真是一段不堪回首的时光! 我一回想起来就不寒而栗,这当然不仅仅因为我那时所遭受的痛苦,而主要是由于我那时尚未大功告成,我若想有所收获,还得再次饱尝这种痛苦,因为我至今仍把绝食视为我的研究的最后和最有力的手段。路是绝食踏出来的,假如最高真理是可以达到的,那也只有通过最大的成就才能达到，而最大的成就便是自愿绝食。当我仔细琢磨那段岁月 —— 我在其中翻捡，乐此不疲 —— 时，也就是在思考迫在眉睫的岁月。要从这样一项实验中恢复过来，几乎要耗尽一生，从那次绝食到现在，我已走完了整个壮年时期，却仍未恢复过来。下次我若再绝食，可能会比以前坚决，因为我的经验更丰富了，更认识到了这种试验的必要性，但我的力量由于那次已减弱，至少一想到那熟悉的恐怖即将来临，我就感到瘫软无力了。我的食欲减退也无济于事，只会稍许减少试验的价值，很可能会迫使我饿得比那次所需的时间更长。对于这些和其他前提，我想我很清楚，在那时至今的这段漫长的间隔期里，不乏试验准备，我咬紧牙关开始绝食的次数也够多了，但我缺乏挺到极限的力量，青少年时期那种无拘无束的攻击欲当然一去不复返了。它在我那次绝食期间就已渐渐消逝。好几种想法折磨着我。我觉得我们的祖先是一种威胁。我虽然认为——尽管不敢公之于众——他们是这一切的始作俑者,是狗类生活的罪魁祸首,对他们的威胁我尽可以以牙还牙,对他们的知识却肃然起敬,这些知识的来源我们已无从知晓,因此,不管我多么迫不及待地要与他们斗争,我永远不会明目张胆地违反他们的法则,而只是凭着特殊的嗅觉,钻这些法则的空子。说到绝食,我引用一次著名的谈话,在谈话中,我们的智者之一主张禁止绝食,另一位智者用一个问题劝阻了他:"究竟谁会绝食呢?"第一位被说服了,收回了禁令。然而又出现了一个问题:"绝食不是本来就被禁止了吗?"对此,大多数评论者给出了否定的回答,认为绝食是允许的,他们与第二位智者的意见一致,所以并不担心错误的评论会导致严重后果。这一点我在绝食前就已深信不疑。但现在,当我饿得缩成一团,精神已经有些错乱,不停地求助于后腿,绝望地舔着、咬着、吮吸着,一直到肛门时，这才发现对那次谈话的通常阐释是完全错误的，我诅咒评论这门科学，诅咒我自己，因为我竟为它所迷惑，连小孩都能——当然是嗷嗷待哺的小孩——看出，那次谈话不仅是对绝食的惟一禁令，第一位智者想禁止绝食，而一位智者所想做的就是已经发生的事，也就是说，绝食已被禁止，第二位智者不仅表示赞同，甚至认为绝食是不可能做到的，这就在第一道禁令上又加了一道，即禁止狗的天性，第一位智者对此表示认可，收回了那道明确的禁令，也就是说，他要求众狗按照对这一切的阐释，豁然醒悟，自己禁止绝食。这就成了三重禁令，而不是通常所理解的一道，而我触犯了它。尽管为时已晚，我现在仍可以听从禁令，停止绝食，可这痛苦之中贯穿着一种继续绝食的诱惑，我贪婪地跟随着它，仿佛跟随一条陌生的狗。我欲罢不能，或许也是由于我已精疲力竭，无法站起身，走到有狗居住的地方拯救自己。我在灌木丛的落叶上翻来滚去，再也无法入睡，听见到处都是喧闹声，在我以前的生活中一直沉睡着的世界似乎由于我的绝食醒了过来，我简直觉得自己再也不可能进食了，因为我只要吃东西，就必须使这刚刚获得解放的喧闹世界重归沉寂，而我没这么大能耐。当然，我听到的最大喧闹声来自我的肚子，我常把耳朵贴在肚子上听，听得目瞪口呆，因为我几乎不敢相信我所听到的。这时我饿得很凶了，我的天性似乎也变得迷迷糊糊了，徒劳地试图拯救，我开始嗅食物，我已很久不知其味的精美食物，我童年的欢乐，我闻到了母乳的芬芳；我忘了抗拒气味的决心，或者说得确切些，我并未忘记，而是下定决心——仿佛它与先前的决心是一回事——到处爬，老是爬几步就嗅一嗅，似乎我寻寻觅觅只是为了敬而远之。我当然一无所获，可我并不失望，食物是有的，只不过还在几步之外，而我的腿走不了那么远。同时我也知道，根本就没有食物，我之所以稍稍活动活动，不过是因为担心自己会倒在这儿，永远也不会离开。最后的希望、最后的诱惑渐渐消逝，我将在此悲惨地走向毁灭，我的研究有何用？我的来自童年般幸福时期的天真努力有何用？此时此地，形势严峻，我的研究的价值本应得到证明，然而研究在哪儿呢？这里只有一条无助地四处空咬的狗，尽管他还在不由自主、动作痉挛般迅急地不停浇灌土地，但在他的记忆中，从乱糟糟的咒语里再也翻腾不出一字半句，就连新生儿念叨着钻到母亲腹下的小诗也找不出来了。我觉得，我与同胞之间并非只有一箭之遥，而是遥相阻隔的，我其实根本不是死于饥饿，而是死于孤独。显然，没有谁关心我，地下没有，地上没有，空中也没有，他们的无动于衷使我走向毁灭，这种无动于衷说：他死就死了呗。我不是也这样认为吗？我不是也这样说吗？我不是就想要这种孤寂吗？不错，你们这些狗，但我不是为了就这样了此一生，而是为了抵达真理的彼岸，走出这个谎言的世界，在这个世界上，从谁那儿都无法获知真理，从我这儿也无法获知，因为我是谎言之国土生土长的公民。也许真理并不十分遥远，只是对于我这个失败者和死亡者来说显得遥不可及。也许它并不十分遥远，我也并不像我所想象的那么孤寂，并没有被大家所抛弃，只是自己抛弃了自己。神经紧张的我觉得自己那时就要一命呜呼了，可我并没有死得那么快，只是晕过去了，当我苏醒过来时，睁开双眼，看见一条陌生的狗站在我面前。我并不觉得饿，只觉得浑身是劲，关节充满活力，尽管我并未站起来试试。我定睛看着，与往常没什么两样，一条漂亮、不太异常的狗站在我面前，我看到的就是这些，没有别的，但我觉得从他身上看到的比往常多。我的身下是血，起初我还以为是食物，可我马上看清那是自己吐的血。我把目光从血上移开，投向那条陌生的狗。他很瘦，长长的腿，棕色皮毛里夹杂着白斑，探究的目光美丽而有神。"你在这儿干什么？"他说，"你必须离开这儿。""我现在不能离开。"我说，没有做进一步的解释，因为我该如何向他解释这一切呢？而且他看上去急匆匆的。"请你离开！"他说着，不安地抬抬这条腿又抬抬那条腿。"别管我，"我说，"你走吧，别管我，别的狗不是也不管我吗！""我是为你好才请你离开的。"他说。"不管你出于什么原因请我走，"我说，"我就是想走也走不了。""这不成问题，"他微笑着说，"你走得了。正因为你看起来很虚弱，我才请你现在慢慢走开，你要是还犹豫不决，到时候你就不得不跑了。""这是我的事，你就别操这心了。"我说。"我要操这心。"他说，并为我的固执感到难过，显然已准备让我暂时待在这儿，却又想借此机会跟我套近乎。要是换个时候，我会乐于容忍一条漂亮狗的这种做法，当时却莫名其妙地感到恐慌。"走开。"我喊道,由于没有别的自卫方法,喊的声音就更大了。"那就随你的便吧,"他一边说一边慢慢后退,"你真古怪,你难道不喜欢我吗?""你要是走开,让我安安静静地待着,我就会喜欢你。"我说,但不再像我想让他相信的那样肯定。我的感官由于饥饿而变得敏锐起来,从他身上看到或听到了某种东西,这种东西刚刚萌生,逐渐滋长,向我靠近,我知道了:这条狗有力量把你赶走,尽管你现在还无法想象自己怎么可能站起来。他对我的粗暴回答只是微微摇了摇头,我注视着他,心中的渴望越来越强烈。"你是谁?"我问道。"我是一名猎手。"他说。"你为什么不让我待在这儿?"我问道。"你妨碍我,"他说,"你在这儿,我就没法打猎。""你试试看,"我说,"说不定你还能打猎。""不,"他说,"很抱歉,你必须离开。""那你今天就别打猎了!"我请求道。"不,"他说,"我必须打猎。""我必须离开,你必须打猎,"我说,"全都是必须。你明白我们为什么必须吗?""不明白,"他说,"这也没什么好明白的,这是不言而喻、理所当然的事。""未必吧,"我说,"你为必须把我赶走感到抱歉,却还是这样做了。""就是这么回事,"他说。"就是这么回事,"我恼火地重复道,"这可不是回答。对你来说,放弃哪一个容易些? 是放弃打猎还是放弃赶我走?""放弃打猎。"他毫不犹豫地回答。"既然如此,"我说,"这就是个矛盾了。""到底什么矛盾?"他问道,"我亲爱的小狗,你难道真不明白我必须这样吗? 你难道连理所当然的事都不明白吗?"我不再吭声,因为我发现——与此同时,一种新的生命,一种由恐惧而生的生命涌遍我全身——从难以理解的细节中(可能除我之外,谁也不会注意到这些细节)我发现,这条狗正做深呼吸准备歌唱。"你要唱歌了。"我说。"是的,"他严肃地说,"我要唱歌了,马上就唱,但现在还没唱。""你已经开始唱了。"我说。"没有,"他说,"还没有。不过你做好听的准备吧。""尽管你否认,但我已听到你在歌唱了。"我颤抖着说。他沉默了。当时,我觉得认识到了以前谁也未曾知晓的事,至少历史记载中对此只字未提,我感到无比恐惧和羞愧,急忙把脸埋进面前的那摊血中。我觉得我认识到的是,这条狗已经开始唱歌,他自己却还不知道,尤有甚者,歌曲的旋律与他相分离,按自己的法则在空中飘荡,掠过他的头顶,仿佛与他毫不相干,飘向我,完全是冲我而来的。今天我当然否认这一切认识,将之归咎于我当时的神经过敏,不过,这虽然是个谬见,却有伟大之处,即便这只是假象而已,毕竟是我从绝食时期救到这个世界里来的惟一的实在物,它至少表明,我们在完全失态的状态下会达到什么地步。我那时确实完全失态了。从正常情况来看,我已身患重病,动弹不得,可我无法抗拒这旋律,那条狗似乎随即就认定这是他自己的旋律。旋律越来越强；也许在无休止地增强，震耳欲聋。然而最糟糕的是，它仿佛只是为我而出现的，这庄严之声使森林悄无声息，只是为我而出现的，我是谁？胆敢一直待在这儿，大模大样地躺在污秽与血泊中聆听这声音？我颤抖着站起身，低头瞧了瞧自己，"这样可走不了路。"我还这样想着，身子已在旋律的驱赶下，无比轻快地蹦蹦跳跳飞跑而去了。对我的朋友们我只字未提，刚回来时我本来很可能向他们和盘托出，但那时我太虚弱，后来又觉得难以启齿。我禁不住做出的暗示毫无声息地消失在谈话中了。另外，我的身体几个小时就恢复了，精神上却至今仍有后遗症。

我把我的研究扩展到了狗类的音乐上。即使在这一领域，科学也绝非无所建树的，据我所知，音乐科学可能比食物科学更包罗万象，至少基础更坚实。这是因为与食物科学领域相比，在这一领域更能从容冷静地进行研究，它更多地涉及纯粹的观察和系统化,而在那一领域主要是要得出实际结论。因此,音乐科学比食物科学更受尊重,但前者永远不可能像后者那样深入民众。就我来说,在听到森林里的声音之前,我对音乐科学比对其他任何科学都更陌生。虽然与音乐狗的相遇使我注意到了音乐科学,但我那时还太年轻,而且,这是一门特别艰深的科学,单单略窥门径已非易事,要入其堂奥就是难上加难了。那些狗最先引起我注意的是他们的音乐,但我觉得,比音乐更重要的是他们的缄默性格,他们的音乐之可怕,可能很难找到能与之相比的,我干脆不去注意它,但从那时起,我无论在哪儿遇到的狗都有这种性格。在我看来,要探究狗的本性,最合适而且最直截了当的做法就是研究食物。也许我的看法错了。而这两门科学的边缘领域当时就已引起了我的怀疑,这就是关于使食物从天而降的歌唱的学说。这里又很妨碍我的是,我对音乐科学也从未认真研究过，在这方面甚至远不如那些向来为科学所特别鄙视的半吊子。这一点我必须牢记。在学者面前，我——可惜我有证据——连最简单的科学考试也很难通过。撇开已经提到的生活状况不谈，原因当然首先是我在科学上的无能，缺乏思维能力，记忆力差，尤其是不能时刻铭记科学的目标。这一切我都毫不讳言，甚至乐于承认。因为我觉得，我在科学上无能的更深刻原因在于一种本能，而且那确实不是太差的本能。我要是想自夸，就可以说，正是这种本能毁掉了我的科学能力，因为面对日常生活的一般事物——这些事绝非最简单的——时，我所表现出的理解力也还过得去，而且最重要的是，尽管我不谙科学，却十分理解学者们，这可以从我的研究结果来加以检验，而我居然从一开始就没有能力，连科学的最低一级台阶都踏不上去，这至少是个很奇怪的现象。或许正是为了科学——一种与大家今天从事的科学不同的科学,一种最终的科学——,本能使我把自由看得高于一切。自由!当然我们今天所能获得的自由,是个发育不全的新生物。但它毕竟是自由,毕竟是一笔财富。

          王炳钧 译

Franz Kafka
Das erzählerische Werk

Der Bau

一个评语〔算了吧！〕

那还是清晨,街道干净,行人稀少,我向火车站走去。途中我拿我的表和钟楼的钟对了对,发现时间比我想象的晚多了,我得赶紧赶路。这么一唬,我连路是不是走对了都没有把握了,对这城市我不很熟悉。幸好附近有个警察。我跑到他那儿,气喘吁吁向他问路。他微笑着说:"向我问路?""是的,"我说,"因为我自己找不到路。""算了吧!算了吧!"说着他猛一下子转过身去,好像不愿让人看到他在笑。

谢莹莹 译

Franz Kafka
Das erzählerische Werk

Der Bau

【论比喻】

许多人埋怨智者的话总是一些比喻，在日常生活中一点也用不上。而我们拥有的只是日常生活。当智者说"到那边去"，他的意思并不是叫人走到街道的另一边去。不过如果值得的话，这至少还是做得到的事。他说的是神话般的不知所指的彼岸，是我们所不知而他自己也无法详细描绘的处所。因而对我们在此也就一点儿帮助也没有。所有这些比喻所要说明的，其实就是，不可理解的事物就是不可理解；而这是我们本来就知道的，我们每日为之劳心劳力的是一些其他的事。

对此有个人说过："你们为什么不愿接受呢？假若你们照着比喻做，那么你们自己也就成为比喻，如此一来，你们就不必每天辛苦劳累了。"

另一个人说："我打赌，这也是一个比喻。"

第一个人说:"你赢了。"

第二个人说:"但可惜只是在比喻中。"

第一个人说:"不,在现实中,在比喻中你输了。"

谢莹莹 译

Franz Kafka
Das erzählerische Werk

Der Bau

夫妻

生意行情普遍糟糕透了。有时候，我在办公室里腾出了空儿，便不得不拿上样品包亲自登门拜访顾客。再说我早就考虑过要到 K 那里走一趟。我以前一直跟他保持着生意上的联系，可去年不知出于什么原因却中断了。对这样的挫折来说，压根儿也不一定存在着真正的原因；在而今这动荡不定的情势下，常常是某种微不足道的东西，或者某种情绪会坏了事。同样某种微不足道的东西，或者某句话也能使整体重新恢复秩序。但要想见上 K，那得费点神了。他是个老人，近来又体弱多病，虽说还掌管着生意上的事，可自己几乎不再到公司里去；如果要跟他谈生意，就得去他家里。而这样一种形式的生意交往，人们总喜欢一推再推。

然而，昨晚六点过后，我真的动身去了。这当然不是拜访人的时候，可这事也不能看成是人与人之间的交往，而是商人之间的。幸好K在家里。有人在前厅里告诉我，K刚刚跟妻子散步回来，此刻在他儿子房间里，因为儿子有病卧在床上。人家也请我进里面去，起初我犹犹豫豫，可到后来，那渴望尽快了结这难堪的拜访的心理占了上风，便让人领着穿过一道黑洞洞的过厅，来到一间灯光昏暗的房子里。屋里坐着几个人。

或许是出于本能吧，我的目光首先落在一个我再熟悉不过的业务代理身上。他在一些生意场上是我的竞争对手。这么说，他倒悄然捷足先登了。他无拘无束地紧坐在病人的床边，就像是大夫。他坐在那里，敞着那宽松而漂亮的大衣，气势逼人。他的厚颜无耻到了无以复加的地步。或许病人心里也同样在这么想；他躺在那里，面额烧得微微发红，时而朝他看去。再说这儿子也不年轻了，跟我一般大小，留着不长的络腮胡子，因为生病显得乱糟糟的。老

K体高肩宽,但令我吃惊的是,由于慢性病痛的折磨,身子已相当瘦削,背也驼了,步履也不稳了。他依旧是刚才进屋时的样子,穿着大衣站在那儿,对着儿子在嘟哝着什么。老K的妻子身子矮小,弱不禁风,但异常活泼,不过只是对老K这样,—— 我们其他在场的人,她几乎看也不看一眼。她正忙着给他脱去皮大衣,但由于两人个头相差太大,让她费了一番劲儿,可最终还是脱下来了。另外,真正的困难也许在于K显得十分不耐烦,他焦急不安地打着探问的手势,不断地要人拿来靠背椅。等脱去皮大衣后,她又迅速地将椅子推到他跟前。她自己抱着那皮大衣连拖带拉出了屋,几乎连人都消失在大衣里。

此时此刻,我觉得我的时机终于来了,或者也许,它就没有来过,现在似乎也绝对不会来的。但是,如果我真的还想试一试的话,那就要当机立断,因为凭我的感觉,在这会儿谈生意，气氛只会变得越来越糟糕。但要把自己一直耗在这儿，这可不是我要干的。那位代理显然用心就在于此。另外，我丝毫也不想顾及他了。于是我不假思索地开始说起我的事，尽管我察觉到，K正好要兴致勃勃地跟自己的儿子聊天。可惜我有个毛病，一旦话说到激动的时候——这很快就会出现的，而在这间病房里比平日来得更快些——，就会站起来，一边说话，一边踱来踱去。在自己的办公室里，这是一种相当有效的自我调节，而在一个陌生的人家里，便有点讨人生厌。然而我无法控制自己，尤其是我缺少习以为常的烟来抵挡。好啦，人人都有自己的坏毛病，比起那位代理的毛病来，我的又算得了什么呢。比如说吧，他把礼帽放在膝盖上，漫不经心地推过来推过去，时而又一下子完全出乎意料地戴到头上；他虽说立刻又把它摘下来，仿佛是疏忽而为之，但礼帽确实在头上戴了一会儿。他不时地一再重复着这样的动作。对此该说什么呢？这样的行为说来确实是要不得的。这倒与我无妨。我踱来踱去，一门心思在想着我的事情，无视他的存在。但是会有那么一些人，这种礼帽把戏会使他们完全失去自制。当然，我激动中不但不在意这样的打扰，而且也不理睬任何人。我虽然眼看着面前发生的一切，但我只要没有说完话，或者没有直接听到异议，几乎就不予理睬。比如我似乎觉察到，K 充耳不闻；他将搭在扶手上的两手不自在地翻来翻去，也不抬头看我一眼，而是毫无意义地寻思着，脑子里一片空虚。他显得心不在焉的样子，似乎我的话一句也没有灌到他的耳朵里，他甚至连我的存在都没有感觉到。我看到了这一切令我无望的举止，但我依然说下去，仿佛我真的还有希望，用我所说的，用我带来好处的供货 —— 我连自己都为我做出了没有人要求做出的让步而感到吃惊 —— 把一切最终重新恢复到平衡。我瞬间发现，那位代理终于让他的礼帽安静了，并且将两臂交叉在胸前，这也给了我某种欣慰感。我的一番表演好像严重地刺伤了他的计划，对此他也是有所预料的。要不是那个我直到此刻都把他当作无关紧要的人物而置之不顾的儿子突然从床上半仰起身子，挥着咄咄逼人的拳头不让我说下去的话，我也许会在这由此而来的惬意中一直讲下去。这儿子显然还想说些什么，指指什么，可他却没有足够的气力。我开始把这一切当成发烧性的谵妄，可当我不由自主地随即将目光朝老K投去时，我就明白多了。

K坐在那里，瞪着呆滞的、肿胀的、片刻前还听使唤的眼睛，身子战栗地向前倾去，仿佛有人在背上扶着他或是给了他一击。他的下唇，也就是下巴连同裸露的牙床不听使唤地耷拉下来，整个面目都不成样子了。他依然喘着气，尽管已经十分困难了，然后像解脱了似的倒在靠背椅里闭上了眼睛，某种极力挣扎的表情掠过他的脸庞,最后一动不动了。我迅速地跳到他跟前,抓住那只耷拉着的、冷冰冰的、令我不寒而栗的手,却摸不着脉搏了。生命就这样结束了。当然,这里走的是一个老人。但愿这死亡别使我们的心情变得更沉重。可现在有多少事情要做呀!而匆忙之中先做什么呢? 我四下寻求着救助,只见那儿子把被子蒙到脑袋上,一个劲地抽泣着;那代理露出一副冷若冰霜的神气,无动于衷地坐在面对着 K 两步远的沙发里,显然决心除了这样来消磨时间外什么都不做。那么只剩下我去做点事了。现在立刻先做最难做的事,那就是用什么样的方式把这个消息告诉 K 的妻子。用一种可以忍受的方式,一种前所未有的方式。就在这时,我听见从隔壁房间里传来急急忙忙踢踢踏踏的脚步声。

她 —— 依旧穿着日常便服,还没有来得及换衣服 —— 拿来了一件在炉子上烤得热乎乎的长睡衣,现在要给老伴穿上。"他睡着了。"她微笑着说。她发现我们如此不动声色时，便摇了摇头。然后，她怀着少女般纯真而无限信赖之情抓住我刚才勉勉强强战战兢兢地抓过的那只手亲吻着，就像表演着一场恋爱小剧。接着——尽管我们其他三个人都眼睁睁地看着呢！——K动了起来，大声地打着哈欠，让人给自己穿上长睡衣。妻子体贴入微地责怪他散步时走得太远，劳累过度，他露出生气而嘲讽的神色听任着。相反，他对自己睡着了则另有一番解释。奇怪的是，他说是出于百无聊赖。然后，他暂且躺到儿子的床上，免得去另一间屋里时伤风。他的脑袋就放在儿子的脚旁，枕在由妻子急急忙忙拿来的两个枕头上。在这一切发生之后，我没有再发现什么奇怪的东西。现在，他要来晚报捧在面前，置客人们于不顾。但他并没有看报，只是眼睛时而扫一扫报页。他投以惊人的、生意场上的尖锐目光，就我们的供货说了几句令人相当难堪的话。他用另一只自由的手不停地打着轻蔑的手势，舌头在嘴里咂来咂去，表明我们的生意行为搞坏了他的味觉。那位代理按捺不住地发了几句牛头不对马嘴的议论。他甚或抱着自己的小人之见，觉得一定要在这儿为所发生的事创造某种均衡气氛。可是照他那样子，当然只能是成事不足，败事有余。于是我马上告辞，我对他几乎怀有感激之情；他要不在场的话，我哪里会有说走就走的勇气呢！

前厅里，我又碰上了K的妻子。一见她那可怜巴巴的身躯，我打心底里说出：她使我想起了我妈妈。而由于她一声不吭，我就借机说道："不管怎么说吧，她能创造出奇迹来。凡是我们损坏了的东西，她都又修复好了。我小时候就没有了妈妈。"我故意说得特别慢，一字一板，我猜这老夫人耳背，但她可能耳聋了，因为她没头没脑地问道："说我丈夫的仪表吗？"另外，从几句告别的话里，我发现她把我同那个代理弄混了；我宁愿相信，她以往会比现在亲切些。

然后我顺着楼梯往下走去。先前上楼就够不容易了，下楼则越发艰难。唉，生意的道上布满了荆棘，人们只有背负着荆棘继续走去。

韩瑞祥 译

Franz Kafka
Das erzählerische Werk

Der Bau

【回家】

我回来了,我越过田野,四处张望着。这是我父亲的老院子,院子中央积了一洼水,一些旧的不能用的用具乱七八糟堆在一起,挡住了通向台阶的路。猫伺守在栏杆上。一度裹在杆子上用于游戏的头巾,现在成了碎布随风飘扬着。我到了。谁来招呼我呢?厨房门后有谁等候着呢?炊烟袅袅,炉子上正做着晚餐喝的咖啡,你感到亲切吗?觉得到家了吗?我不知道,我毫无把握。是的,这是我父亲的房子,但是一样样的东西好像互不相干,各忙各的。所忙之事,有些我已忘却,有些则是我从不知道的。我对他们有何用处,即使我是老主人的儿子,我对他们来说算老几。我没有勇气敲厨房的门,我只敢远远地仔细听着,只敢远远地站在那儿仔细听着,站在人家看不见我的地方。因为在远处听,所以我听不到什么,只听到轻轻的钟声,或者以为听到了那儿时耳熟的钟声。厨房里的事,是坐在那儿的人对我保守的秘密。在门外踟蹰越久,就越是陌生。如果现在有人开门问我有什么事,那会怎么样呢。我难道不会像个要保守自己秘密的人那样做?

谢莹莹 译

Franz Kafka
Das erzählerische Werk

Der Bau

地洞

我造好了一个地洞,似乎还满不错。从外面看去,它只露出一个大洞,其实这个洞跟哪里也不相通,走不了几步,便碰到坚硬的天然岩石。我不敢自夸这是有意搞的一种计策。不妨说,这是多次尝试失败后仅留的一部分残余。但我总觉得不要把这个洞孔堵塞为好。当然,有的计策过于周密,结果反而毁了自己,对此我比任何人都知道得更清楚。而由于这口洞孔引起人们的注意,发觉这里可能有某种值得探索的东西,这也确是勇敢的表现。但如果谁以为,我是怯懦者,仅仅因为胆怯才营造了这个地洞,这就看错我了。离这个洞口约千把步远的地方,有一处上面覆盖着一层可移动的苔藓,那才是通往洞内的真正入口处。它搞得这样万无一失,世界上所能做到的安全措施也莫过于此了。诚然,也可能有什么人踩到那层苔藓,或者把它踩塌,那么我的地洞就暴露了。倘若谁有兴趣,也可能闯将进去——请格外注意,非有精于此道的稀有本领不可——把里面的一切进行永久性的破坏。这我是明白得很的。我现在正处于我的生命途程的顶点,就是在这样的时候,也几乎得不到一个完全安宁的时刻。在盖着苔藓的那个幽暗的地方,正是我的致命之所在。我经常梦见野兽用鼻子在那里贪婪地来回嗅个不停,也许有人会认为,我满可以把洞口堵死,上面覆以一层薄薄的硬土,下面填上松软的浮土,这样我就用不着费多大气力,每次进出,只要挖一次洞口就行了。但那是不可能的事。为了防备万一,我必须具备随时一跃而出的可能性,为了谨慎行事,我必须随时准备冒生命的风险,可惜这样的风险太频繁了。这一切都得煞费苦心,而神机妙算的欢乐有时是促使人们继续开动脑筋的惟一原因。我必须做好随时能够冲出去的准备,有了高度的警惕性,难道我就不会受到完全突如其来的袭击吗？我安安稳稳地住在我的家的最里层，与此同时，敌人却从某个什么地方慢慢地、悄悄地往里钻穿洞壁，向我逼近。我不敢说他的嗅觉比我更灵，很可能他对我就像我对他一样，知道得很少。但有些不顾死活的盗贼，不管三七二十一把地乱掘乱挖一通，由于我的地洞的范围广大，他们说不定在什么地方碰上我的许多途径中的一条，也未始不可能。当然，我在自己的家里，自有谙熟所有途径和方向的长处，盗贼会很容易地成为我的牺牲品和美餐。但我正在变老，有许多同类比我更强，而且我的敌人多得不可胜数，我逃避了一个敌人，又落入另一个敌人之手，这种事情不是不可能的。唉，有什么事情不可能发生呢！但无论如何，我非有一个比较容易到达的、不费什么力气就可以出去的、完全敞开的出口做保障不可，这样就不至于在我没命地挖掘时（不管土层多薄），突然——天呀，保佑我！——感到后腿被追踪者的牙齿咬住了。而且威胁我的不仅有外面的敌人，地底下也有这样的敌人。我虽没见过，但传说中讲到它们，我是坚信不疑的。那是地底下的生物，传说中也说不清它们是什么样的。甚至做了它们的牺牲，还几乎没见过它们。它们来的时候，就在你站立的地底下——它们生活的世界——当你刚刚听到它们的爪子发出抓东西的响声的时候，你就没救了。遇到这种场合，与其说你在自己的家中，毋宁说你在它们的家中。在这种情况下，那条通往出口的通道也救不了我，可以说，那根本就不是救我的东西，而是毁我的东西。但它是一种希望，没有它我就活不下去。除了这条大道以外，还有几条很狭窄的、但相当安全的小道，它们使我与外界保持联系，向我提供自由呼吸的空气。这些路本来是鼹鼠筑成的，我因势利导，把它们引进了我的地洞里，我通过这些途径可以嗅得很远，使我得到保护。

也有各种各样的小动物经由这些途径来到我跟前，成了我的食物。这样，我根本用不着离开地洞，就可以进行一些小小的狩猎活动，以维持一种简朴的生活；这是十分宝贵的。

我的地洞的最大优点是宁静。当然，这是没有准的。说不定什么时候突然中断，一切告终，也未可预料。不过就目前来说总算是宁静的。我可以在我的通道上蹑着脚走好几个钟头，有时听到个把小动物的声音，不一会儿这小动物也就在我的牙齿间安静下来了；或者泥土掉落的沙沙声，它告诉我什么地方需要修缮了；除此以外便是寂静。树林中的空气透进来，既暖和又清凉。有时我惬意地伸展身子，在通道上打起滚来。当秋天到来的时候，有这样一个住所可以安身，这对于一个渐近老年的人，算是美好的了。通道上每隔一百米的地方，辟一个圆形的小广场，在那里我舒舒服服地蜷曲着身子，一边休息，一边使自己暖和暖和。在那里我可以甜甜蜜蜜地睡上一觉，这是和平宁静的睡眠，是满足安全感的睡眠，是实现了建立安心之所的愿望的睡眠。不知是由于过去的习惯，还是这座家屋确实存在着足够的危险，唤起我的警觉，我常常有规律地从酣睡中惊醒，肃然谛听着那日夜支配着这里的宁静，然后宽慰地微微一笑，旋即又舒展四肢，沉入更为香甜的梦乡。那些无家可归的可怜虫们啊，他们在马路上、在树林中流浪，至多只能匍匐在堆积的树叶底下，或者与同类结伙，暴露在天地间的一切灾厄之中！我则躺在这各方面都安全的广场上——这样的广场在我的地洞里有五十几处之多——在瞌睡和熟睡之中来消磨那任我选定的时间。

缜密地考虑到极端危险的情况——不是直接的追踪，而是包围——在洞穴的近中心处修建了一个中央广场。在一切其他场合，都是极端紧张的脑力劳动多，体力劳动少，这个城郭则是我的艰巨的体力劳动的成果，比地洞里的所有别的部分都艰巨。有好几次，我由于身体疲乏不堪，濒于绝望，想弃绝一切，仰卧着翻过来，滚过去，诅咒这地洞，并艰难地爬出洞外，任穴口洞开着。之所以这样做，因为我不想再回去了，直到几小时或几天后我后悔了，回去一看，见地洞完好无损，我恨不得引吭高歌，并以发自内心的喜悦重新开始劳动。这个城郭的工程之所以增加了不必要（说不必要，是因为地洞从那种无效劳动中并未得到真正的益处）的困难，是由于照计划安排所确定的这个场地恰恰土质很松，而且充满砂粒，因此必须把这地方的土层夯实，才能建造起美丽的大穹顶和圆形广场。从事这样一种劳动，我只能靠额头。所以，我不分白天黑夜，成千成万次地用前额去磕碰硬土，如果碰出了血，我就高兴，因为这是墙壁坚固的证明，而且谁都会承认，我的城郭就是用这样一种办法建成的。

我利用这个城郭来贮藏我的食物：凡是洞内

抓获而目前还不需要的一切，和外面猎获的全部，我统统把它们堆放在这里。场地之大，半年的食物都放不满。于是我把东西一件一件铺了开来，在其间漫步，同时玩赏着它们，悦目于其量之多，醉心于其味之杂。任何时候，只要我想看一看储藏品，都能一目了然，而且我还可以随时进行重新排列，根据不同季节，做出必要的预计和狩猎计划。有这样一些时候：由于洞里食物富足，我对饮食漠不关心，因而对这些出没的小动物根本不去理会，当然从别的理由考虑，这也许是欠慎重的。由于经常从事防御准备工作，我原想充分利用地洞来进行防御的主张有了小幅度的改变和发展，于是我常常觉得以城郭为防御基地是危险的。地洞的复杂性确实也向我提供了采用多种防御办法的可能性。而我觉得将存粮稍加分散，利用某些小广场来分批贮藏，似乎更为周到些。于是我决定约每隔两个广场设一个预备储粮站，或者每隔三个设一正储粮站,每隔一个设一副储粮站,如此等等。再则,为了迷惑敌人,我划出几条道路不堆贮藏品,或者,各按它们通向主要出口的位置,挑选少数广场错杂其间。自然,每一项这样的新计划都要求艰巨的搬运工作,我必须做出新的安排,然后就是来回搬东西。当然啰,我不用着急,可以慢慢地干,把珍贵的东西衔在嘴里搬运,高兴在什么地方歇一歇,就在什么地方歇一歇。遇到可口的东西就吃它几口,这是满不错的。糟糕的是,我每每从梦中惊醒,就仿佛觉得目前的这种粮食分贮法是完全失算的,它会招致严重的危险,非立即加以纠正不可,睡意和疲劳也在所不顾。于是我急忙就走,快步如飞,连考虑一下的工夫都没有。为了实施这一新的、全新的计划,我不顾一切,凡是碰到嘴边的东西,就只管逮住,用牙齿咬着,拖呀,背呀,喘息着,呻吟着,跟跟跄跄地前进。只要对目前这种我感到过于危险的状况有任何些微的改变，我就心满意足了。直到睡意渐渐地消除，脑子完全清醒过来，我几乎不理解何以有这一番极度的紧张活动，对于被自己扰乱了的家里的和平长长地舒了一口气，重新回到我的卧所，由于新造成的劳累而立即睡着了。醒来时，作为这几乎像梦一般出现的夜间劳动的无可辩驳的证据，是牙缝间还挂着的一只耗子。此后又有一些时候，我觉得还是把所有的食粮集中于一个场地为上策。贮藏在小广场上对我会有什么好处呢？那里到底放得下多少东西呢？无论你拿什么放到那里去，都会堵塞道路，一旦有防务活动，奔跑起来，说不定反而成为我的障碍。再说，不把所有的储藏品集中在一起，因而不能对自己的财产一目了然，势必损伤自己的自尊心，这种想法固属可笑，却是难免。分成这么多摊，不会散失很多吗？我总不能老在纵横交错的通道上四处奔跑，以便看看是否一切仍然原封未动。分散贮藏的基本想法是对的，但必须有个前提：拥有好几个像我的城郭这样的场地。好几个城郭！一点不假！但是谁能够把它们建筑起来呢？在我的地洞建造的总计划中，现在也没有增添的余地了。我承认，这一点正是我的地洞的缺陷，就好比任何东西如果只有一种样品时，都有缺陷一样。而且我也承认，在建设整个地洞期间，我对于拥有几个城郭的要求在自己的意识中是模糊不清的，如果说我有过这一良好愿望，那就清清楚楚了。我没有按照那种要求去做，对于这项巨大的工程，我感到自己太弱了，甚至，我就是想象一下这项工程的必要性也感到自己太弱了。我以同样模糊的感觉聊以自慰，这在平常是难以做到的，但在这一场合我却做到了，这是一种例外，也可能是一种神的恩赐，因为保留我的前额以代替铁锤正是天意所使然。现在我只拥有一个城郭，但觉得一个不够用的那种模糊感觉，已经消失了。不管如何，我只得满足于一个。想用许多小广场来代替它是代替不了的。所以,当这种想法在我心中热起来的时候,我就又动手把各个小广场上的所有东西重新搬回城郭里。于是所有的场地和通道又空出来了,看见城郭里的肉类成堆,连最边远的便道都闻得到许多种肉类混杂的味道,我老远就能把它们一一辨别出来,而每一种味道都使我喜欢。有一阵子我对这一派气象真感到宽慰。这以后出现了一段和平时期。我利用这些太平时日,把我的卧所从外围慢慢地、一步一步地往里移,因而沉浸于越来越重的气味之中,以致再也忍耐不住了。于是一天夜里我冲进城郭,从肉堆里挑出我所爱吃的上等品,扎扎实实地、如醉如狂地大嚼了一番,把肚子塞得饱饱的。这是幸福的时期,也是危险的时期;只要有人了解个中奥秘,充分利用这个时机,无须冒什么风险,就可轻而易举地将我毁灭,这与缺少第二、第三个城郭的弊害不无关系。我之所以受诱惑，正是由于食物集中堆在一起造成的。我正准备通过各种途径来抵御这种诱惑，保护自己，把粮食分散储藏在各个小广场上，也就是这类措施之一。可惜的是，它也像其他类似的策略一样，由于感到缺乏而引起了更大的欲望，这欲望压住了理智，听凭欲望的驱使，任意改变防御计划。

这以后，在对地洞进行了一些必要的修缮之后，我经常离开地洞——虽然只是很短的时间——去外面溜达，以便让自己冷静冷静，同时检查一下地洞是否坚固。要是长时间离开地洞，我会感到受惩罚似的难以忍受，但短时间出去走动走动，我以为也是很有必要的。每当我走近出口时，我总有一种庄严感。住在家里时，我是避免到那里去的，甚至连通向它的任何一条最小的岔道儿我都是不迈步的；再说到那一带去转悠也并不容易，因为我已经在那里建筑了一套完善的、小规模的迷津暗道；我的地洞就是从那里起始的，但当时我还不能指望能够如愿以偿地按照我的计划去完成，我开始半游戏似的从这个小犄角干起来，在迷津的建筑中，我第一次充分领略到劳动的愉快；这项迷津建筑在我当时看来是一切建筑之冠，但以今天的眼光看，说它气派太小，与整个地洞建筑不相称，该是比较公允的，虽然在理论上它也许堪称宝贵 ——"这是去我家的入口。"我当时讥讽地对那些看不见的敌人们说，并仿佛看到了他们全部窒息在入口迷津里的景象 —— 可是事实上，一种墙壁非常单薄的草率工事，对于认真进攻或者孤注一掷的亡命之徒是很难进行抵抗的。但我因此就应该把这一部分重建吗？我犹豫不决，大概要永远维持这样的现状了吧。且不说重建需要我付出巨大的劳动，而且也是一件人们能够想象的最危险的事情。在我刚开始挖掘地洞的时候，我是能够比较安心地在那里劳作的，那时风险并不比别的地方大多少。但在今天已经是不可能的事了，因为今天那样做就未免轻举妄动了，那就等于要把社会的注意力引向整个地洞上来。我感到高兴的是，眼下这一处女工程也具有一定的敏感性，比方说吧，一旦发生大规模的进攻，什么样的入口构造才能救我呢？在使进攻者迷惑、错愕、困扰这一点上，这个入口是可以应急的。但如果遇到真正大规模的进攻，那我就必须设法使用整个地洞的一切手段和身心的全部力量来对付，——这是理所当然的啰。所以这个口子就让它维持原样不动好了。尽管地洞有着这样多的天然强加于它的缺陷，但毕竟是我亲手所创；虽然事后才认识到这些缺点，却认识得这样精确，那就让它保留着吧。但这并不是说，这个缺点没有经常地或者也许是始终使我感到不安。平日散步时，我都要避开地洞的这一部分，之所以如此，主要是因为我一看见它就感到不舒服，既然这个缺点已经在我的意识中发出噪音，我就不愿意让它老是在我的目光中浮现。那上面入口处的缺点是无法匡正了，但只要能够回避，我就尽可能不去看它。我只管朝着出口的方向走。虽然我与入口处之间隔着通道和广场，我依然感到我已经陷入一种巨大危险的氛围之中。有时候我好像觉得我的皮变薄了，不久就仿佛我只能以赤裸裸、光溜溜的肉身站立在那里，这时候，我的敌人以吼叫来欢迎我。说实在的，这样一种感觉足以致使出口本身失去对我的家屋的保护作用，但使我格外苦恼的，仍是入口的构造。有时我做梦，梦中我已经把它重建了，一夜之间以巨人般的力量，神不知鬼不觉地，迅速而彻底地把它改造了，这下谁也攻不破了。我做梦的这一觉睡得比任何时候都香甜，醒来时我的胡子上还滚动着欢乐和宽慰的泪珠。

所以，如果我要外出的话，还得克服这条迷津给我肉体上造成的苦痛。而我有时一度迷失在自己的创造物中，因而显得这工程似乎还须不断奋斗下去，以便向我这个早就对它下了坚定不移的判断的人证明它的存在权利，这时候我又气恼又感动。接着我就来到青苔盖底下，在我留在家里这段时间，它与树林中毗连的地皮长在一起、互相衔接了，现在，只要我用头一顶，就可以到外边的天地去。这个小小的动作我已经很久没敢使用了，若不是今天又得克服入口的迷津，我一定会从这里折回，逛回家去。为什么呢？你的家闭关自守，固若金汤。你的生活安宁、温暖，良肴佳馔不断，你是无数通道、广场的主人，独一无二的主人。这一切你不希望牺牲，但有一部分你打算放弃，虽然你有信心把它们重新夺回来，但你有胆量下一个危险的、非常危险的赌注吗？对此有没有合适的理由呢？没有，在这类问题上不会有合适的理由。但接着我小心翼翼地掀起门盖，到了外面，又轻轻把它盖上，并赶紧跑离这个正在暴露的地点。

然而，我的本意并不是要在野外生活，虽然我不再憋在通道里行走了；而是要在大森林中狩猎，我感到身上有一种在地洞里没有任何地盘包括城郭——哪怕它再扩展十倍——让它施展的新的力量。外面的伙食也更好吃，狩猎固然比较困难，很少成功，但其收获从任何方面讲都是价值更高的。这一切我并不否认，并且懂得如何领略并享受它们。至少也得和别的动物一样，说不定比它们还强得多，因为我狩猎时，不像流浪汉那样轻率和绝望，而是目的明确，从容不迫。我也并不是非过野外生活不可，我知道，我的时间有限，不允许我永远狩猎下去，等到有人向我发出召唤，而我也愿意，并对这里的生活感到厌倦时，我将不能抵御人家的邀请。这样的话，我就能够充分领略这里的时光，无忧无虑地度日。其实却不尽然，许多本来可以做到的事情并没有做到，地洞的事情忙得我团团转。我很快跑离洞口，不一会儿又赶回来。我在寻找一个合适的藏身之所,并守望着我的家门——这一回是从外面——一连几天几夜。让人家去说我傻好了,我可是有一种说不出的快乐,并从中得到安慰。于是我仿佛不是站在我的家门前,而是站在我自己的前面,觉得自己既能一边熟睡,一边机警地守护着自己,这未尝不是一种幸福。我有一定的长处,不仅能在睡眠时的那种只身无助和妄自轻信的状态中看得见夜间的精灵们,而且同时能以完全清醒时的力量和沉着的判断力与它们在实际中相遇。我发觉很怪,情况并不像我通常所认为(并且只要下洞回到家里也许还会那么认为)的那样糟。从这一方面看是如此,从别的方面看也不例外,但尤其是从这一方面看来,这次外出确是必不可少的。

　　的确,我把入口处选在斜坡上是经过慎重考虑的。那里的交通情况——根据一周来的观察所得——确是熙来攘往,十分频繁。然而凡是能够居住的地方，恐怕都是这样的。再说，选在一个往来频繁的地方，由于频繁，大家跟着川流，这说不定比十分冷僻的地方更保险；在冷僻的地方反而会有精明的入侵者慢慢找了来。这里有着许多敌人，有着更多的敌人的帮凶，他们之间也互相争斗，在紧张追逐中从地洞旁边跑了过去。在这全部过程中，我没有看见任何人在靠近入口的地方搜寻过，这对己对敌都是一种幸运，因为要不然，我会为了我的地洞着想不顾一切地朝他的喉咙扑过去。诚然，也出现过一些兽类，我不敢接近它们，只要远远预感到它们在，我便立即警觉，拔腿就跑。关于它们对地洞的态度，我本来实在是很难确定的。但当我不久回到家来，发现它们中没有一个在场，入口处也完好无损，于是我总算满意地放心了。也有一些幸福的时期，我很想对自己这样说：世界对我的敌意也许停止或者平息了吧，或者地洞的威力把我从迄今为止的毁灭性战斗中拯救出来了吧。地洞所起的保护作用也许比我以往所想象的,或者当我身临其境之际所能想到的还要大。有时甚至产生这样幼稚的想法:压根儿就不回地洞,而就在这里的洞口附近住下,专门观察洞口以打发日子,并不断想象着:假如我置身洞中,它能够多么坚固地保护着我的安全;在这样的想象之中获得我的幸福。但幼稚的梦想很快就惊破了。我在这里所观察的到底是一种什么样的安全呢?我在地洞中所遇到的危险到底能不能根据我在外边得到的经验来判断呢?要是我不在地洞中,我的敌人到底能不能根据气味准确地嗅出我来呢?他们对于我肯定有几分嗅得出来,但完全嗅出那是不可能的。要是能完全嗅出,岂不经常成为正常危险的前提了吗?因此,我在这里所进行的试验只有一半或十分之一能够使我放心,而放松警惕又导致极度的危险。不,我所观察的与其说是我的睡眠(如我以为的那样),毋宁说是在坏家伙醒着的时候，我自己却在睡觉。也许他就混在那些疏忽大意地走过入口处的人们之中，无非像我那样，只想证实门户仍安然无恙，静候袭击，就走了过去。因为他们知道主人不在家里，或者也许他们清楚得很，主人就埋伏在附近灌木丛中，天真地守候着家门。而我呢，户外的生活已经厌倦了，遂离开我的观察哨，仿佛觉得无须再在这里学什么了，现在和将来都不必了。我愉快地向这里的一切告别，走下地洞，永远不回到外面去了，外界的事情听其自然吧，不再作无用的观察来阻止它们了。可是，这段时间，我一任自己看了入口上面所发生的一切，现在又用了极为惹人注意的办法下了地洞，而不知道在我的背后以及在按原来样子关好的入口的顶盖后面的整个周围将发生什么，感到十分不安。起初，我曾在几个风雨大作的夜晚，试着把猎获物快速地掷进去。这一行动看起来是成功的，但是否真的成功，得等我自己进去以后方能知道,但那时对我来说已搞不清楚了,或者即便清楚,也已太晚。于是放弃了这项试验,不进里面去。我挖了一个——当然是在距离真正的入口处足够远的地方——试验性的坑,其大小和我的身体相仿,也用一个青苔盖封口。我爬进坑里,把背后掩蔽好,认真等待着,计算出一天中长短不一的各个不同时刻,然后掀开青苔,爬了出来,记下我的各种观察,取得了种种好坏不一的经验,却找不到一种下地洞的一般法则或安全可靠的方法。因此,我至今还没有从真正的入口处下去过,而不久又不得不下去,这真使我焦躁不已。我并非完全没有到远方去回复往日那种惨淡生活的念头,那种生活虽无安全可言,却是诸种危险无区别的连续,因而个别具体的危险就不明显,不必为之恐惧,这正是我的较为安全的穴居生活与其他地方的生活对照之下,不断启示给我的道理。诚然,这样一种念头是由于毫无意义的自由自在生活过得太久而产生的,也许是完全愚蠢的;现在地洞还属于我,只要再迈出一步,我就安全了。我摒除了一切犹豫,在大白天径直向洞门跑去,这次可一定得把门完全打开了吧。然而我却没能做到。我跑过头了!我特意倒进荆棘丛中,以惩罚自己,惩罚一种连我自己都不知道的罪过。但到头来我还是不得不承认,我的想法是对的,即不把我所有最宝贵的东西公开舍弃——哪怕只是短暂的,交给周围所有那些地上的、树上的和空中的飞禽走兽,则我要下去是不可能的。危险并不是想象的东西,而是非常实际的事情。那种兴致勃勃地跟着我来的,并非真正的敌人,倒很可能是某种身份清白而又不知好歹的渺小家伙,某种令人讨厌的小生物,它好奇地尾随着我,从而不知不觉地当了我的敌人的向导。或者不是那么一回事,说不定是——而这并不比别的情况好,在某些场合甚至是最糟的——说不定是跟我同一种类型的人，是地洞营造的行家，或者某个森林隐士，或者和平的热爱者，但也可能是个想不劳而获的粗野的无赖。假如现在他真的来了，带着肮脏的贪欲发现了入口，动手去掀苔藓，而且居然掀开了，挤身进去，拟巢而居，甚而至于弄到这种地步：有一瞬间他屁股正好对着我的脸儿，假如这一切真的发生，我就会像疯了一般，不顾一切地从后面向他扑去，把他咬个稀巴烂，咬成一块块，撕得粉碎，喝干他的血，并立即把他的尸骸拖到别的猎获物当中。但最最要紧的是，我好不容易又重新回到了我的洞穴，这回甚至对迷津起了赞赏之意，可我首先得把我头顶上的苔盖盖好，然后安下心来休息，恐怕我全部的，或部分的余生都要在这里度过了。然而事实上谁也没有来，我依然单独一人度日。我始终一心扑在各种困难的事情上，恐惧倒减轻了不少。我不再回避走近入口处了，在那里绕着圈子走动成了我最喜的活动内容，以致仿佛我自己成了敌人，窥视着顺利突入的良机。假如我有某个值得信赖的人，可以把观察哨的任务交给他，那我就可以放心地下去了。我会跟这个我所信赖的人约定，在我下去的时候，在下去以后的长时期内，严密观察形势，一旦发现危险迹象就敲打苔藓盖子，没有情况就不敲，这样我头顶上面的心腹之患便为之一扫而光，连一点残余都留不下，惟一留下的便是那个我所信赖的人了。——难道他不要求报酬吗？最起码的，他连地洞也不想看一看吗？自动让什么人进我的地洞可是我的最大忌讳啊。地洞我是为自己，而不是为访问者而挖掘的，我想，我是不会让他进去的，哪怕他以让我能够进得地洞里面为交换条件，我也不会让他进去的。但我之所以压根儿不让他进去的原因是：让他独自下去吧，这绝无考虑之余地；我跟他同时下去呢，则他在我背后放哨给我带来的益处便成泡影了。那么信赖如何维持呢？在面对面的时候，我信赖他，假如我见不到他，假如苔盖把我们隔开，我还能同样信赖他吗？信赖一个人，在同时监视着他，或至少能够监视他的情况下是比较容易做到的，甚至远隔两地，多半也是可能的。但是从地洞的内部，亦即从另一个世界去完全信赖一个外面的什么人，我以为这是不可能的。甚至连这样一种疑问都是没有必要的，只要这样想一想就够了：在我下去期间或下去以后，人生道路上的无数偶然事件，都能阻碍所信赖的人履行他的义务，而他的任何一个最小的障碍都会给我造成不可估量的后果。总而言之，我无须抱怨找不到堪与信赖的人，而只能孑然一身。这样，我肯定丧失不了什么利益，而且还可能使我避免损失。但堪信赖的，只有我自己和我的地洞了。这一点我早点想到就好了，对于我现在为之忙碌的事情也是早该虑及的，至少，在地洞的建筑开始阶段就应该实现一部分的。第一条通道应该这样设计才行：它需有两个彼此间隔适当距离的入口，这样，我经过各种不可避免的周折通过这个入口下去后，马上经由第一条通道跑到第二个入口，稍稍掀开一点为此目的而建造起来的苔盖，从那里以几天几夜的工夫试着观察情况。这看来是惟一正确的方法了吧。固然，两个入口使危险增加一倍，但这一忧虑此刻是不必要的，仅仅作为观察哨设想的那个入口做得很狭窄就行了。于是我一头扎进技术研究中去，重温起一个完美无缺、万无一失的地洞建筑的旧梦，稍稍聊以宽慰。我悠然自得地闭上眼睛，眼前便浮现出那各种可能的图像，我可以在那里悄悄地、神不知鬼不觉地进进出出。

　　当我这样躺着，想象着以上各种情景时，对那些建筑方案给予很高的评价，但仅仅是从技术角度，而不是从实际效用角度出发的。这种不受阻拦的溜进溜出是什么意思呢？它意味着你心神不定，缺乏自信，意味着卑污的欲念，邪恶的个性,这个性面对地洞时还要坏得多。地洞仍然存在,只要向它完全敞开心扉,便可注入和平。现在我显然还在它的外面,正在寻找一种回去的可能性;为此,很想掌握必要的技术设施,但也许并不见得那么重要。如果把地洞仅仅看作一个想尽可能安全地爬进去的洞穴,那么像眼下这样神经质似的恐惧,岂不意味着大大贬低了地洞的价值了吗? 的确,它也是一个安全的洞穴,或者应该是那样的洞穴,而当我设想我是处于危险之中时,我就要咬紧牙关,用尽意志的全部力量来证明这地洞不是别的,而仅仅是为拯救我的生命而存在的一个窟窿,它必须尽可能完美地完成这个明确地赋予它的任务,而别的一切任务我都给豁免了。可是现在的情况是这样:地洞在实际上——而处于巨大困境之中的人们是顾不上观察实际的,甚至在岌岌可危之际,也必须经过努力方能投以一瞥——虽然是相当安全的,但绝对是不够的,难道在其中什么时候停止过忧虑了吗？那是另一种的、更为骄傲、内容更为丰富的、深深压抑着的忧虑，可是它对于身心的消耗并不亚于生活在外面的时候所产生的忧虑。就算这个地洞仅仅为了我的生活保障而建造，就算我为此没有受别人的骗，然而付出的巨大的劳动与得到的事实上的保障相比，至少就我所能感觉到的和从中所能得到的利益而言，对我来说，是一件得不偿失的事情。承认这一点是极为痛苦的，但是面对前面的入口不得不这样做，这个入口现在把我——他的建造者和所有者——关在外面，不，让我在外面挣扎。但是地洞确实也不仅是一个救命之窟。当我站在周围堆积着高高的肉类贮藏品的城郭之中时，纵览从这里伸展出去的十条通道，每一条都根据中央广场的地势或低或高，或直或曲，或宽或窄；条条宁静而空阒，它们各自以不同的方式把我引向同样宁静而空阒的各个广场——于是我心目中关于安全的观念淡忘了,因为我清清楚楚知道,这里是我的城堡,是我用手抓,用嘴啃,用脚踩,用头碰的办法战胜了坚硬的地面得来的,它无论如何也不能归任何人所有,它是我的城堡啊,我最终也要在这里安然地接受我的敌人的致命的一击,因为我的血渗透在我自己的这块土地里,它是不会丧失的。在和平中半睡着,在愉悦中半醒着;经常在这些通道上度过的这种美好时辰的意味,除此以外,怕是没有地方再有了;这些通道是为了我舒畅地伸展身子,孩子般地打滚,蒙蒙胧胧地躺着,甜甜蜜蜜地睡着,经过精心设计而建造的。那些小广场的每一个我都了如指掌,尽管彼此相像,但是我闭上眼睛也能根据墙壁的形状把它们辨别得一清二楚,它们和平地环抱着我,那种温暖,任何鸟儿在它的窝巢里都得不到。一切的一切宁静而空阔。

但是,既然是这样,那我又为什么踌躇呢?为什么我害怕入侵者甚于害怕永远不能返回我的洞穴的可能性呢？好了，现在这后一点谢天谢地成为不可能了，地洞对我意味着什么，搞清这个问题，压根儿是不必要的；我和地洞这样相依为命，不管我遇到多大恐惧，我都能泰然自若地留在这里，无须设法说服自己，打消一切顾虑，把入口打开。我只要清闲地等着就完全够了。因为没有任何力量能够把我们永远分开，无论如何，到最后我是肯定要下去的。但当然，到那时还需有多长时间呢？在这段时间里，在这里的上面，在那边的下面，将有多少事情发生呢？而我的责任在于：缩短这段时间，并立即着手从事必要的事情。

好了，我已累得想都不能想了，我耷拉着脑袋，步履踉跄，半醒半睡，与其说在走路，毋宁说在摸索，这样才渐渐接近入口处，缓缓掀开苔盖，慢慢往下挪动身子，因为神思恍惚，让入口无故敞开了很久，及至想了起来，又上去把它关好。但为什么又爬到上面去呢？我只要把苔盖拉上就行了,好吧,我又下去,这回到底把苔盖给合上了。只有在这种状况下,只有在这种例外状况下,才能下洞穴。——于是乎我躺在猎获物的堆垛之上,仰面是苔藓,周遭是血水和肉汁,总算开始睡上渴望的一觉了。没有东西打扰我,没有谁跟踪我。苔藓上面看来是平静的,至少直到现在是平静的,即使不平静,我想现在也不能对它进行监视了;我已换了地点,从上面的世界来到了我的地洞,我立即感觉到了它的作用。这是一个新的世界,具有新的力量;在上面的那种疲惫不堪,在这里却没有。我是旅行回来的,累得几乎晕倒,我省视旧日的住处,着手积压着的修缮工作,匆匆巡视一下所有的场地,但首先是赶紧冲向城郭;这一切把我的劳累变成了不安与焦急。刚走进地洞那一瞬间,我仿佛死死地酣睡了一大觉。第一步工作是非常吃力的,任务十分繁重:猎获物须通过狭窄而墙壁单薄的迷津搬运。我竭尽全力向前推进，走是能走的，但我感到太缓慢。为了加快速度，我从肉垛上拉回了一部分肉块，然后从肉垛的上面跨过去，从它的中间穿过去，于是我的面前只剩下一部分了，把它们搬到前面去，就容易一些了。但是在一条堆满着肉类的狭窄通路上，尽管只有我一个人，也不总是很容易通过的，以致有时我简直要被窒息在自己的贮藏品中，只有边走边吃边喝，才不致被肉块压伤。但运输完成了，我没有花太长时间就结束了这一工作，迷津被克服了。我站在一条正规的通道上喘了口气，通过一条联结支线，把猎获物搬到一条专为这类项目特设的中心大道，它以很大的坡度向下直通城郭。这下再没有工作可做了，这全部东西都由它自行往下滚动或流动。于是终于到了我的城郭了，我终于可以休息了。一切都没有改变，似乎并没有发生什么大不了的不幸，至于我一眼便发现的那些细小的破损不久即可修复。再有就是在此之前在各通道上的徜徉了，但这并不费力，等于跟朋友聊天，我过去常是这样做的，或者——我并不算老，但许多记忆已完全模糊了——是我听人这样说的。在我看到了城郭以后，我就开始有意慢慢地走第二条通道，我有的是时间——在地洞里面我总是有的是时间——因为我在那边所做的一切都是重要的好事，并使我得到一定的满足。我从第二条通道出发，半路上中断了视察，转向了第三条通道，并循着它折回城郭。这样，第二条通道显然还得重新再去，我就是这样又劳又玩，自得其乐，独自发笑。工作很多，头绪纷繁，但永不脱离工作，不断增加着工作量。你们通道、广场和城郭啊，我为了你们而来，尤其是为了城郭的问题我连生命都在所不惜，可是长期以来，我却愚蠢得为生命而战栗，犹犹豫豫不敢回到你们当中。现在，我置身于你们当中了，危险又算得了什么呢！你们是属于我的，我是属于你们的，我们结合成一体了，有什么奈何得了我们呢。即使上面那些家伙已经迫近并准备好用嘴巴拱穿苔盖也不在乎了。而洞穴又以他的沉默和空阔来迎接我，证实着我所说的话。——但是，一种懒洋洋的情绪向我袭来，在一个我最喜爱的广场上，我微微蜷曲着身子躺了下去，我还远没有把一切都视察完毕呢，但我要继续视察下去，直到最后，我不想在这里睡觉，只是经不起在这里躺一躺卧一卧的引诱，想试试看，在这里睡觉是否始终还像过去那样安稳。成了！可我一躺下就不想起来了，我就在这里进入了深沉的梦乡。

我大概睡了很久很久，直到最后实在睡足了，我才自然而然地开始醒过来，最后睡意一定是十分淡薄了，因为一种几乎无法听到的"曲曲曲"的微弱响声把我唤醒了。我立刻明白，这是一种我过去对它太不注意、过分宽容的小东西，趁我不在，在什么地方钻通了一条新路，与我的一条旧路相交,风一吹就发出"曲曲"之声。好一个埋头苦干的家伙啊,而它的勤奋又多么叫人讨厌啊,我非得把耳朵贴在通道的墙上听一听,在墙根试着挖一挖,把骚扰的地点找出来不可,然后才能消除响声。此外,新挖的洞孔如果符合地洞的某项建筑要求,就作为新的通气孔,这对我也是需要的。但那些小东西我要比以前加倍严密注意,一个也不饶恕。

由于我对这类检查工作训练有素,说干就可以干起来,也无须多长时间即可完成,虽然手头有别的工作要做,但这是当务之急,我的每条通路都应保持宁静才是。这一种响声说起来并没有什么了不得;虽然我刚回来时这响声就早已有之,但我一点儿都没有听见;直到重新在家里完全安顿下来之后,也就是说只有当你用主人的耳朵去听的时候,才能听得到。而这种响声并非常有,中间有很长时间的间隔,那显然是气流受到阻碍时发出的。我开始检查,却找不到下手的地方，虽然挖了几个洞，但那是漫无目标的乱挖一气，当然不会有任何结果；挖的工程固然巨大，但白白花费的填堵和平整的工夫则更为巨大。我压根儿就没有接近过发出响声的地点，每隔一定的间歇，一会儿传来微弱的"曲——曲"的声音，一会儿又传来"呼——呼"的声音。这个，目前暂且不去管它，响声固然恼人，但我所认定的原因是无可怀疑的，所以声音几乎没有怎么提高。相反，倒有可能——迄今为止我显然从来没有等待过这么久——那小东西在继续钻小孔的过程中，这样一种响声会自行消失的。往往有这样的情况：一种偶然的机会使你毫不费力地找到骚扰的踪迹，而有目的有计划去寻找却长久找不着。我这样安慰着自己，很想再到各条通道上去徜徉，看看那回来后还没有去看过的许多广场，其间也到城郭去转转。但不行啊，我得继续寻找才是。大好大好的时光被这伙小东西所耗费，它本来是可以利用在更好的场合的。在检查纰漏方面，通常吸引我的是技术上的问题，例如我的耳朵具有辨别任何细微差异的能力，能够绘形绘色地使我想象出产生响声的原因，而这原因是否符合实际，这回我很想搞个水落石出。只要这方面没有得出可靠的结论，我就没有足够的理由在这里感到安全，即使从墙上掉下的一粒沙子，不弄清它的去向我也不能放心。何况是这样的响声，它在这一方面绝不是无关紧要的事情。但重要也好，不重要也好，无论我怎样寻找，也没有发现任何东西，或者反过来说，发现的东西太多了。事情一定是恰恰发生在我那最喜爱的广场上！我一边这样想着，一边远远地离开那儿，几乎走到通往下一个广场的中间。这整个事儿简直是一种笑话，仿佛我想要证明，并非正好是我最心爱的广场才有这种骚扰，别的地方也有种种骚扰，于是我微微笑了起来，倾耳谛听着，但不久我就敛起笑容，因为果不其然,这里也有同样的"曲曲"声。这么说来什么也没有——有时我这样想——除了我以外,谁也听不见的,我的经过训练的耳朵显然是敏锐的,现在分明听得越来越清楚了,虽然事实上到处都有完全相同的"曲曲"声,跟我通过比较所证实的一模一样。只要站在通道之中,而不必耳朵贴墙,便可听得出来,那声音并不更大。那场合,我非得用心,不,全神贯注才能时不时听到一丝儿声息,不过,与其说是听到的倒不如说是猜到的呢。但正是这处处有之的相同响声叫我最为挠头,因为这跟我最初的推断不能吻合。假如我对响声的原因的推测是正确的,即是说响声确是从某一个场所——这场所是非找出不可的——以最大音量向周围发放,那么它必定是越来越小。但如果我的解释是不准确的,那么别的解释是什么呢?也有可能存在着两个发音的中心,直到现在我都是从距离中心很远的地方进行监听的,而当我一步步接近这个中心时,它的响声固然逐渐加强,而另一个中心的响声则渐次减弱,故传到耳朵里的两个中心的音量的总和就老是一个样了。当我洗耳谛听的时候,我几乎以为听出了那与我新的推测相符的声音差别来,尽管那声音非常模糊不清。无论如何,我必须把检查区域在检查过的基础上大加扩展。于是我循着通道直达城郭,从那里开始监听。——奇怪,这里也有同样的响声。哦,这是某些微不足道的动物们趁我不在家的时候,放肆地掘洞所产生的声音。不管怎样,它们是不会有反对我的企图的,它们无非是致力于自己的工作罢了。只要中途不发生障碍,它们是要朝着既定的方向搞下去的。这一切我全明白,虽然并不理解它们何以要这样做,弄得我焦躁不安,扰乱了我的对于工作非常必要的理智;它们竟敢趋近我的城郭。但经我观察,迄未发现城郭周围的墙壁有被掘穿的情况。是由于城郭地处深奥范围广大呢,还是由于因广大而引起的强劲的气流把掘洞的家伙们吓住了呢？或者城郭的存在这一事实的本身使这些感觉迟钝的家伙闻之也不能不有所慑服呢？无论如何我不想去鉴别究竟是哪种原因使这些挖掘者踌躇不前。动物受了强烈的气味的吸引，成群结队而来。这里本是我的可靠的狩猎场。但那时它们是从上面某个地方挖穿顶壁，进入通道的，虽然战战兢兢，却经不起强烈的引诱，终于从通道上跑了下来。现在呢，他们却在通道里钻洞。假如我至少完成了青年时期和壮年早期那些最重要的计划，或者说我有过实行那些计划的力量就好了，因为我并不缺乏意志。我最心爱的计划之一，是把城郭跟它周围的泥土隔开，就是说，城郭四壁留下约与我的身高相等的厚度，然后沿着城墙的外围，在那道可惜无法与泥土分开的墙基外面，挖一层腔室，其大小与城墙的体积相同。我总是不无理由地把它设想为我所能有的最上等的寓所。

在这个圆形体的上面，我悬吊呀，攀缘呀，下滑呀以及翻滚呀，最后又站在地上。所有这一切游戏都是在城郭的本体上面做的，没有真正到它的室内去。现在能避开城郭就避开，能不进去看就不看，把看的快乐留在以后，不必因此而为之怅然，那是为了把它牢牢掌握在手里，不过假如仅仅拥有一条通往那里的普通的公开通道那是不大可能做到的；但好在可以为它放哨，这就补偿了看不见它的内部这一缺憾。要是让我在城郭和腔室之间选择一个我的终身寓所的话，我一定要选择后者，宁可不断地上上下下巡逻，以守备城郭。这样一来墙壁里就不会有响声了，不会有东西向城郭大胆挖掘了；于是那里的和平有了保证，而我成了和平的守护者；我用不着怀着反感情绪去倾听小动物们的挖掘，而是带着我现在完全消失了的如痴如醉的情怀，沉浸在城郭的一片宁静的气氛之中。

　　但是这一切美妙的情景眼下毕竟还不是现

实,我还得干,而我目前所干的也是和城郭直接相关的,我真要为之高兴,因为它鼓舞着我。事情越来越明显,这件起初看起来微不足道的工作,显然需要我全力以赴了。我现在所做的是全神贯注地细听城郭周围的墙壁,不论高处还是低处,也不论墙上还是地面,入口还是内里,我无处不听,而我所听见的到处是同样的声音。长久倾听这断断续续的声音,得付出多少时间,经历多少紧张的场面。只要你愿意自己欺骗自己,也可以从这当中得到一点小小的安慰,即城郭这地方与通道不同,由于它范围大,只要你耳朵一离开地面,便什么都听不到了。仅仅为了休息,为了保持冷静,我往往做这样的试验:聚精会神地听着,结果什么都听不见,这使我欣幸。可是,这到底是怎么一回事呢?用我最初那些说法来解释这种现象完全讲不通,但我所能设想的别的解释又不得不加以排斥。我所听到的,也许就是那种小畜生自己干活时的声音。但这是同所有的经验相矛盾的。凡是我从未听到过的,虽然它一直都存在,但我总不能突然一下就听到了。我在洞穴中对于骚扰的敏感性也许与年俱增,但听觉绝不会变得更敏锐。听不见它们的声音,这正是那些小畜生的本质特征。不然,我过去怎么容忍得了呢?哪怕冒着饿死的危险,我也恨不得把它们彻底铲除掉。但是我渐渐产生了这样的想法:这也许是一种我现在还不认识的动物,这不是不可能的。虽然我已经观察了很长时间,在下面生活我是够小心谨慎的,但世界是千变万化的,那种突如其来的意外遭遇从来就没有少过。然而那不会是个别的动物,必定是大群大群的吧,它们乘我不备突然侵入我的范围。这一大群听得见的小动物,其地位固然在那种小玩意之上,但超出很有限,因为它们干活的声音本身就很微弱。所以有可能是一些不熟悉的动物,它们成群结队地外出漫游,仅仅从这里经过一平静是会有好处的,虽然想象力不会静止,而事实上我也么认为——自己加以否认也是徒然——那声音就出自一种动物,不是许多动物,也不是小动物,而是一头大动物。也有一些反对的理由。那就是响声随处可闻,强弱始终相同,而且不分昼夜,有规律地传来。的确,最初我满以为那是许多小动物。但我在发掘时本来是会找到它们的,结果却什么也没有找到。剩下的惟一解释就是有一头大动物的存在了,同时也有似乎与这种解释相矛盾的说法,它所涉及的东西倒不是证明上述动物不可能存在,而是它们越出了一切可以想象的界线,变成耸人听闻的了。因此,我反对这一种说法。我排除了这种自欺欺人的东西。很久以来我就玩味着这样的想法:之所以老远也听得到那声音,就是因为那动物在迅猛地工作;它以人们在外面路上散步的速度,在迅速地钻掘前进,大地为之震颤,即使钻掘已经过去,那余震和工作本身的响声下，惊动了我，但它们的队伍不久便会过去。所以我只要等待便可以了。多余的工作是不会有的。可是，既然都是陌生的动物，为什么我见不到它们呢？我挖了好些陷阱，想逮它一只，但我什么也没有发现。我想，可能那是小而又小的动物，比我所认识的那种还要小得多，只是它们发出的响声却大得多。于是去检查挖出来的泥土，把土块抛入空中，让它们砸得粉碎，还是看不见噪音的制造者。我渐渐明白了，这样小规模地偶然挖几下，是不可能取得任何效果的，这种搞法，只不过在洞穴里的墙壁上挖了一些洞，手忙脚乱地这里挖一下，那里掘一通，连堵洞的工夫都没有，许多场地泥土成堆，阻碍道路，挡住视线。当然，这一切对我的妨碍并没有什么了不得，我现在既不能出外徜徉，也不能去各地巡视，也不能休息。我常常干着干着就在某个洞窟里睡着了，一只前脚的爪子扎进了上面的土层里，那是在半醒半睡的状态下想从那里抓下一把泥土来。我权且改变一下办法吧,今后就朝着响声的方向挖一个正规的大洞,摆脱任何理论,不找到响声的真正根源就不停止挖掘。一旦找到根源,只要我力所能及,我就要把它消除;倘若力不从心,我至少也掌握了确实的情况。这种确实的情况不是给我带来安宁,就是给我带来绝望。但安宁也罢,绝望也罢,二者必居其一;总有一种结果是无可怀疑的,而且是合乎情理的。这个决心一下,我的精神为之一爽。我迄今所做的一切,弊在操之过急;回到家来,心情激动,还没有摆脱上面世界所笼罩的那种不安全感,还没有与地洞里的和平气氛相融合,脱离洞穴中的和平生活那么久,神经变得十分过敏,只要遇到一点特殊现象,我就会惊慌失措。到底有什么呢? 一种轻轻的"曲曲"声罢了,间隔好久才听得见,微不足道也,但我愿意承认它能使我成为习惯,不,那是习惯不了的。但目前不要与之针锋相对，我且观察一段时间再说，那便是：经常花几个钟头凝神谛听一番，耐心地把结果记录下来，但不能像我以前那样，听的时候耳朵挨着墙壁轻轻移动，而且差不多一听到有点什么动静就急忙挖掘起来，那样做原本并非想发现点什么，而是内心不安的一种必然举动罢了。今后不那样干了，这是我所希望的。但还是下不了决心——这是我闭上眼睛不得不承认的，虽然同时为此对自己光火——因为不安在我的心中颤动，仍像在此之前几个钟头一样，要不是理智抑制着我，很可能我会不论什么地方，不管在那里是否听到了什么，迟钝地、执拗地去挖掘，仅仅为了挖掘而挖掘，几乎就像那些小畜生那样，它们不是毫无意义地掘地，就是仅仅为了啃泥而挖土。合乎理智的新计划又吸引我，又不吸引我。计划本身是无懈可击的，至少在我是提不出异议的，据我理解，照它做去，肯定会达到目的。尽管这么说，我还是不相信这个计划，因为不相信，所以，我对于实行计划的结果可能带来的可怕性并不担心，对于结果的可怕性我也是不相信的；是的，我觉得，从最初发现响声以来就想到这样一个彻底的挖掘计划就好了，只是由于我信不过它，一直都没有付诸实施。尽管如此，今后我自然是要着手挖掘的。因为对我来说舍此没有别的办法，不过我不打算马上就开始，我将把这项工作稍稍往后挪一挪。如果理智应该重新受到尊重，那么它就应该得到完全的尊重，今后我不再一头扎进这一工作中去。无论如何我要事先弥补一下由于我的乱掘乱挖给地洞造成的损失；这需要花费不少时间，但这是必要的。新的开挖计划如果真的要达到某种目标，时间上它将会拉得很长；要是它达不到任何目标，它就会变得无休无止。不管如何，这项工作意味着更长久地远离地洞，环境不像上面世界那么恶劣，只要我愿意，我可以随时中断工作，回家来看看。要是不这样做，则城郭的风将向我吹拂，在我工作的时候围绕着我，但这仍然意味着远离地洞，把自己交给一种不可预料的命运。因此我想把地洞整顿好了再走，为了地洞的安宁而战的我，总不该让人说：是我自己把它搞乱，而又不立即把它恢复。于是我开始把泥土加以集中，送回到一个个洞孔中去。这是我的拿手活计啰，几乎还没有意识到，这种活计就已经干过无数次了，特别是最后这道夯实抹平工序——确实不是自夸，那是实情——我可以做得比谁都好。可这一回我却感到难了，我的注意力太不集中，干活时一再让耳朵贴着墙壁倾听，而刚刚提起来的土希哩沙啦地又掉回到土堆里去，我都不闻不问。最后这些完善性的工作，要求注意力更要集中，我却几乎干不了。留下一堆堆难看的疙瘩，碍眼的裂缝，更不用说，旧的墙壁的动摇是不能以这样草率的修修补补使其恢复原状的。这仅仅是一种权宜之计，我以此自慰。

等我回来，恢复了和平，再作全面彻底的修缮，那时一切都将进行得很快。君不见，童话里就是一切都进行得很快的，这种慰藉也是属于童话世界的。最好当然是，现在马上把工作圆满地完成，这比老是把它中断，在通道上漫游，寻找新的声音来源要有益得多；寻找新的声音来源其实是轻而易举之事，随便找个地方，停下来听一听，仅此而已，我的毫无益处的发现还要多呢。有时候好像觉得响声没有了，很长时间寂然无声，这样的"曲曲"声往往是会听漏了的，因为自己的脉搏在耳朵里跳动得太厉害了，于是两种间隔时间正好相重，遂合而为一，顷刻间你就以为那"曲曲"声似乎永远消失了。这一来就不用再监听下去了，我高兴得跳了起来，整个生活为之改观，仿佛泉源突然打开了，从中流泻出来的是地洞的宁静。我没有急着去检验这一发现，而去找一个我能与之推心置腹的人倾谈一番，于是就直奔城郭而去，我一生为之奋斗的新生活终于苏醒了！我这才想起已经很久没有吃东西了，便从半埋在土里的粮食贮藏品中随便抽出些东西，狼吞虎咽起来。同时我利用这点吃饭时间，赶回那不敢全然置信的发现的地点，想再证实一下这件事的可靠性如何。我的这一举动不过是顺便为之，原想一带而过，谁料侧耳一听，立刻表明，我大错特错了：那老远的地方明白无误地响着"曲曲"声。我恨不得把吃的东西统统吐出来，踩进地里去，回头继续工作吧。但到哪里去呢？全无头绪。有的地方像是需要，而这样的地方有的是，就着手干点什么吧，但动作机械得很，就好像看见监工来了，不得不做做样子。但这样的活没干多久，又出现新的情况。响声好像加强了，当然强不了多少，但这里的问题往往就发生在最细微的差别上，响声确实有了些许的加强，强到耳朵可以清晰地听得出来。而这种声音的渐强像是由于距离渐近之故，因为渐近，就听得更加清楚,仿佛可以目睹它走进来的脚步似的。我跳离墙壁,想居高临下看一看这一发现将引起的种种可能的后果。我产生一种感觉,好像我的地洞本来就不是为了防御进攻而建造的。防御的意图虽然是有的,但抛却一切生活经验,则进攻的危险以及由此产生的防御的设施对一个人来说仿佛都成为遥远的事情——或者,虽不遥远(这怎么可能),但在轻重缓急上,次于和平生活的设施,这类设施在地洞里是处处给予优先地位。许多防御设施本来是可以在不干扰总体计划的情况下建立起来的,却是由于一种不可理喻的原因被耽误了。这些年头我享尽幸福,幸福使我麻痹,虽有过不安,但幸福之中的不安是无关宏旨的。

现在要做的第一件事不外乎是,把地洞的建设放在防御及根据防御所设想的一切可能性上进行详细而周密的考察,制订出防御及所属的建设计划,然后像青年人那样,朝气蓬勃地立即开始工作。这是必不可少的工作,当然——顺便说一句,搞得太晚了点,但那是不可或缺的工作啊。然而,那种试探性的随地大挖其洞的做法,绝对不能搞了,那样做,原来的惟一目的是让自己的全部精力毫无防御意义地用于寻找险情上,干着一种杞人忧天的傻事,危险迟迟不来,而时时担心着它来。突然,我不理解以前的计划了,以前那样理路分明的计划,变得完全不可思议了。我又把工作撂下,也不去监听,此刻我不想去发现声音的加强了,我的发现已经够可观了。我把一切都撇开,只要把内心的抗辩平息下去,我就太平了。我又沿着我的条条通路到了更遥远的地方,从野外回来后我还没有到那里去看过,我的前爪还一点也没有碰到过,那里的宁静等待着我,我一到便被它完全笼罩了。我不想在那里耽着,匆匆穿了过去。我压根儿就不明白,我究竟在寻找什么,也许仅仅是为了拖延时间吧,我越走越迷路，以致来到迷津暗道。我很想在苔盖附近谛听一番，那遥远的事情——眼下是这样遥远——吸引着我的兴趣。我挤到上面去听了听，万籁俱静。这里多叫人称心如意呀，外边谁也不注意我的地洞，每个人都有跟我无关的工作，这正是我为之努力的结果。现在，这苔盖旁边几个钟头之久也听不到响声，这在我的地洞边缘也许是独一无二的场所了。——这同地洞里的情况形成鲜明的对照，于是：昔日的危险之地反成了和平之乡，而城郭呢，却被卷进了吵闹的世界及其危险之中。尤为糟糕的是，这里其实也没有和平，这里的情况什么也没有改变，宁静也罢，吵闹也罢，危险一如既往潜伏在苔藓之上。不过我对于危险已变得感觉迟钝了，那是由于我的墙壁的"曲曲"声使我用心过甚之故吧。我是为此用心了吗？那响声越来越强，步步逼近。但我绕来盘去通过了迷津，来到入口通道的高处，躺在苔藓底下，这一来就几乎把家交给那"曲曲"声了,只要在这上面稍稍休息一会儿,我就心满意足了。让给了"曲曲"声？难道我对那响声的原因有了某种新的明确看法了吗？那响声不就是那些小玩意挖洞时产生的吗？难道这不就是我的明确的见解吗？这种见解我到现在似乎还没有放弃呢。假如这声音不是直接从它们的洞中发出的,那也是跟那些洞有某种间接关系的。即便跟它们毫无联系,那就说明从一开始什么蛛丝马迹也没有找着,只好等着,直到把原因找到,或者它自行暴露为止。眼下这会儿人们自然也可以虚构各种说法来戏谑,比如,说：远处某地方水漏进来了,而我所听到的"嘟嘟"声或"曲曲"声,原来就是漏水声。但这方面我是毫无经验可言的,姑且不谈了吧 —— 地下水我是一开始就发现的,马上把它排引开了,此后这沙土地里就没有再发现水 —— 之所以姑且不谈,因为那到底是"曲曲"声,不能当作水的声音。但是多多勉励自己也在远处汇成一片,我仅仅听到这行将消逝的余音,觉得到处听起来都是相同的。再者,那动物不是朝着我这个方向前进的,因此声音没有变化。多半它已有一项计划,其意向我不得而知,我只认为,该动物——我决不想断言它知道我的情况——正在我的周围绕圈子,自从我对它进行观察以来,它在我的地洞周围已经绕了好几圈了。——声音的种类,"曲曲"声或"嘘嘘"声引起我许多想法。我若以自己的方法来刨地或掘土时,听起来却完全不同。我对"曲曲"声只能作这样的解释:动物的主要工具不是它的爪子(爪子大概仅作辅助用),而是它的嘴和鼻,且不说这两样东西有着巨大的力气,只看它们的锐利也是显而易见的。它钻地时兴许用鼻子朝地里猛力一撞,一大块土就掘起来了,这期间我什么也没有听见,是间歇吧,但接着又是一撞,并吸一口气。这吸气的动作就使地面发出噪音,这不光是它使了气力,而且还由于它的匆忙,它的劳动热情;这噪音在我听起来,就成了轻微的"曲曲"声了。它那不倦劳动的能力显然不是我所能理解的;也许那片刻的间歇就把短暂的休息包括在内了吧,可真正像样的休息似乎它还不曾有过。它夜以继日地挖掘着,始终气力十足,精神饱满,一心要赶紧完成它的计划,又拥有实现这一计划的一切能力。好家伙,这样一个敌人我想都没有想到过。但是,这头巨兽的特点且不提了吧,现在发生的那不过是我本来一直都在提心吊胆、随时准备对付的一件事:有人接近了!蹊跷的是,为什么这么长的时间里我能够一切平安无事,而且幸福度日呢?是谁控制着敌人的行动路线,使它们避开我的驻地,让它们拐了个大弯走了过去的呢?为什么这样长期地保护着我,而现在又让我受着这样的威胁呢?比起这一危险来,我一直所思虑着的那些小的危险又算得了什么!作为地洞的主人,我能有足够的力量来对付任何来犯者吗？我作为这样一个既宏大又脆弱的建筑物的主人，面对任何比较认真的进攻，我深知自己恰恰是没有防御能力的。主人的幸福感使我骄纵；地洞的脆弱性使我敏感。只要地洞受到伤害，我就会有切肤之痛，如同我自己受到伤害一样。而正是这一点我应该事先就预见到的，不应只为我个人的防御着想——就是在这方面我过去做得多么草率和无效——而应从地洞的防御着想。尤其需要事先筹划的是，当有人来进攻的时候，能把地洞的一个一个部分——尽可能把许多这样的部分——在极短时间里做到用土堵死，使它们与受威胁较轻的部分分割开来，通过大量泥土的堵塞和由此达到的卓有成效的分割，使得进攻者万万料想不到在这后面才是真正的地洞。还有，用泥土堵塞，不仅掩蔽了地洞，而且还能埋葬来犯者。诸如这样一些事情，我没有采取过任何步骤，这方面一丝一毫的工作也没做过，我以前轻狂得像个小孩，我以孩子般的游戏度过了我的成年岁月，甚至在设想危险的时候，也当作儿戏，对于真正的危险，我也没有认真地想过。我把事情耽误了，虽然这期间不断有情况向我发出警告。

堪与目前这样的情况相比的事情当然没有发生过，但在地洞初创时期，类似的事情却频频有之。所不同的主要就在那是初创时期……那时我还是个正式的小学徒，从事第一条通道工作，迷津的设计才有了一个初步的轮廓，我已挖出了一个小广场，但在大小的设计和墙壁的筑造方面却完全失败了；总之，一切就是这样开始的，那只能当作一种尝试，当作一种一不满意便立即报废而不足为惜的事情。有过这么一件事：在一次劳动间歇——平生劳动间歇的时间花费得太多了——时，我躺在我的许多土堆之间休息，忽然远处传来一种响声。像我这样的小伙子，听到这声音与其说害怕，毋宁说新奇。我撂下活儿，竖起耳朵来听，我总是就地谛听,并不需要跑到苔藓底下的高处,躺在那里去听,却什么也听不到。我在这里至少是听到了的,我能准确地鉴别出,那是挖掘的声音,同我这里的情形相仿,听起来比较微弱一些,但离这里有多远,我估计不出来。我也紧张过,不过通常是冷静、平和的。我想过:也许我进了别人的地洞了吧,它的主人现在正朝着我挖过来呢。假如我的这一想法属实,则我立即离开,到别的地方去营建,因为我从未有过占领欲或进攻心。不过,自然啰,我还年少,还没有一个地洞为家,我还能够做到冷静与平和。后来事态的发展过程中也没有引起我真正激动过,只是要说清楚这过程的事情并不容易。如果那边的挖掘者听到了我在挖掘,真的向我这边推进,或者它中途又改变方向(像现在已发生的那样),那也无法确定,它是否真的在这样做,因为,这可以是由于我的劳动间歇使它失去了目标,也可以是由于它自己改变了意图。但说不定是我自己完全搞错了，此君根本就没有以我为直接目标；不过那声音倒确实加强了一会儿，仿佛那挖掘者越来越接近我。那时我还是个小伙子，倘看见它突然从地里冒出来，也许是不会感到不快的。但这类事情什么也没有发生，挖掘声从某一点开始转弱了，听起来越来越轻微，挖掘者像是渐渐改换了最初的方向，及至突然中断，好像它现在下决心来了个一百八十度的大转向，背着我的方向往远处推移。在我重新开始劳动以前，还静静地听了很久。这一次警告是够明显的吧，但我很快就把它忘了，它对我的建设计划几乎没有产生过影响。

从那时到今天这一段正是我的壮年时期；但这期间不是看来什么也没有发生吗？劳动时我仍一直安排长时间的间歇，贴着墙壁谛听，发现那个挖掘者新近改变了主意，来了个向后转。它正旅行回来，它以为，这期间它给了我足够的时间做好迎接它的准备。然而从我这方面说,整理工作一切都不如当时,偌大的地洞毫无防御设施,而今我已不再是小学徒,而是老建筑师了,我身上还留存的那点力量已无法支持我做出对敌行动的决断了。但不管我多么老,我似乎还希望活得比现在更老,老到在我的青苔底下的卧榻上一卧不起。因为在青苔底下其实我是忍耐不住的,只要一起来,就去狩猎,好像我在这里并不是休息,而是充满新的忧虑,于是又跑回下面的家里去。——那么这以前情况是怎样的呢?"曲曲"声减弱了吗?没有,它变强了。我随便找了十个地方听了听,发觉我明显搞错了,"曲曲"声依然如故,丝毫未变。对面的情况仍是老样子,人家在那儿安闲自在,时间任由支配;而这里却每一瞬间都在振荡着监听者。于是,我又沿着漫长的道路回城郭去,我感到周围的一切都很激动,都凝望着我,但旋即又把视线移开,以免扰乱我。但又竭力想从我的表情上看出保卫家园的决心。我摇了摇头,我还没有那个决心呢。我去城郭也并不是为了在那里实施什么计划。我经过一个原来打算建立研究室的地方,我又把它检查了一遍,那可真是个好场所啊,那洞穴朝着有许多小气孔的方向,有了这些气孔,我的工作似乎会轻松许多。看来根本用不着挖得那么远,不必挖到响声的策源地,只需把耳朵贴在出气孔上监听就行。但考虑来考虑去,始终没有足够的勇气来鼓励我从事这一挖掘工作,这个地洞能给我带来安全保障吗?我的心情已经是这样:安全保障根本就不想要了。到城郭里挑它一块上等的去皮的鲜红的肉,拿着它一起钻进一个土堆里,那里无论如何该是宁静的吧,如果说这地洞里还存在着真正的宁静的话。我舔了舔肉,咬了一口咀嚼着,不时想着远处那头正在行进的陌生动物。只要我还有可能,我何乐而不尽情享受一番自己的贮藏品?此举大概是我的计划中惟一切实可行的一项了吧。此外,我很想破那头动物的计划的谜。它是在漫游的途中呢,还是在营造它自己的地洞呢? 如果它是在漫游,那么和它取得谅解也许是可能的。如果真的在朝我这边挖掘,就把我的贮藏品分一些给它。这样它准会离开这儿,继续往前走的吧。在土堆中我自然可以梦见各种各样的事情,包括梦见和它取得谅解这件事,虽然我心中有数,诸如此类的事情是不可能见之于现实的,而且就在我们相遇的那一刹那,甚至就在我们仅仅感到彼此距离已很接近的那一瞬间,会立即互相——分不出谁先谁后——以一种新的异样的饥饿向对方扑过去,尽管双方肚子本来都是填得满满的。这种情况任何时候都是没有例外的,因为一个人即使在漫游途中,难道会由于一见地洞就改变他的旅行和未来的计划吗? 但说不定那头动物在掘它自己的洞穴呢,要是这样,那么要取得谅解连做梦也不能了。纵使这头动物是这样特殊，它能够容忍其洞穴与别人为邻，则我的地洞也不能与之相容，至少一种咫尺相闻的近邻它是忍受不住的。现在，那动物好像明显地去得很远了，只要它哪怕继续往回走几步，那响声也会消失得无影无踪的吧，那样一来，昔日的美好生活都会恢复如初，因而此事就成为一种虽然不祥，却颇为有益的经验，它将激发我进行各方面的改善。只要我获得安宁，没有危险直接威胁着我，我一定还能做出各种像样的事情，庶几那头动物就是鉴于它自己在能力上具有巨大的潜力，才放弃了朝我这边来扩展它的洞穴的打算，转向别的方面去谋取补偿。这种事当然不是通过交涉所能达到的，而只有通过那动物自己的智力，或由我这方面施加压力。这两方面起决定作用的是，动物是否知道我，并且知道我的什么。这些事我思考得越多，就越觉得动物听到我工作的声音一说之不可能。尽管我难以想象，但它也许风闻到关于我的某种消息,那倒未始不可。但它不可能听到了我的声音,这是毋庸置疑的。在我对它的事一无所知的情况下,它就不可能听得到我,因为我在这里是保持寂静的,没有人做到比我重返地洞时更寂静的了。后来,当我进行了一些探究性挖掘时,它听到了我也说不定,虽然我的挖掘方法是很少发出声音的;不过假如它听到了我,我也一定会有所觉察的,那它至少得经常停下工来谛听,—— 但是一切始终毫无改变。

叶廷芳 译

附录

致父亲的信

最亲爱的父亲：

你最近曾问我，我为什么说怕你。一如既往，我无言以对，这既是由于我怕你，也是因为要阐明这种畏惧，就得细数诸多琐事，我一下子根本说不全。我现在试图以笔代言来回答这个问题，即便如此，所写的也仅仅是一鳞半爪，因为就在写信时，对你的畏惧及其后果也阻塞着我的笔头，而且材料之浩繁已远远超出了我的记忆力和理解力。

对你来说，事情一向都很简单，至少你在我面前或不分场合在许多其他人面前是这样说起这事的。在你看来，事情大致是这样的：你一辈子含辛茹苦，为了儿女们，尤其为了我，牺牲了一切，因而我一直过着"花天酒地"的生活，享有充分的自由，想学什么就学什么，不愁吃穿，什么也不用操心；你并没有要求回报，你知道

"儿女的回报"是怎么回事，但他们至少应该有一点配合，有一点理解的表示；我却从来都躲着你，躲到我的房间里、书本里，躲到一帮疯疯癫癫的朋友那里，躲到玄而又玄的思想里；我从未对你倾吐过肺腑之言，从未陪你去过教堂，从未去弗兰岑温泉探望过你，在其他方面也从未有过家庭观念，对生意以及你的其他事漠不关心，把工厂的一摊子事扔给你，就一走了之了，我支持奥特拉固执己见，我从未为你出过一点儿力（连戏票也没替你买过），却为外人赴汤蹈火。总结一下你对我的评价，可以看出，你虽然没有直说我品行不端或心术不正（我的最后一次结婚打算可能是例外），但你指责我冷漠、疏远、忘恩负义，你这般指责我，仿佛这都是我的错，只要我洗心革面，事情就会大有改观，而你没有丝毫过错，即使有，也是错在对我太好了。

你的这一套描述我认为只有一点是正确的，即我也认为，我俩的疏远完全不是你的错。可这也完全不是我的错。倘若我能使你认同这一点，那么——开启崭新的生活已不可能，因为我俩年岁已大——我们就能获得某种安宁，即便不会终止，毕竟能缓和你那无休止的指责。

奇怪的是，你对我想说的话总有种预感。比如，你不久前对我说："我一直是喜欢你的，尽管我表面上对你的态度跟别的父亲不一样，这只是因为我不会像他们那样装腔作势。"父亲，我总体上从未怀疑过你都是为我好，但我认为你这话不对。你不会装腔作势，这是真的，但是仅仅因此就想断定别的父亲装腔作势，这要么是强词夺理、不容商量，要么就是暗示——我认为就是这样的——我们之间有点不对头，造成这种局面的原因你也有份，只不过你没有过错。你若真是这个意思，那我们的看法就一致了。

我当然并不是说，我成为今天这个样子都是你造成的。这样说未免太夸张了（我甚至倾向于这样夸大其词）。即便我在成长过程中丝毫未受你的影响，很可能也长不成你所中意的样子。我多半会很羸弱、胆怯、优柔寡断、惴惴不安，既不会成为罗伯特·卡夫卡，也不会成为卡尔·赫尔曼，不过一定与现在的我截然不同，这样我们就会相处得极其融洽。假如你是我的朋友、上司、叔伯、祖父，甚至岳父（尽管已有些迟疑），我会感到很幸运。惟独作为父亲，你对我来说太强大了，特别是因为我的弟弟们幼年夭折，妹妹们都比我小很多①，这样，我就不得不独自承受你的头一番重击，而我又太弱，实在承受不了。

比较一下我俩吧：我，简言之，一个洛维②，

---

① 卡夫卡是家里的长子，他的两个弟弟都幼年夭折（海因里希两岁时死去，格奥尔格只活了一岁半），六年之后，卡夫卡的三个妹妹（艾丽、瓦莉和奥特拉）才相继出世。
② 洛维是卡夫卡母亲的娘家姓，根据马克斯·布罗德的《卡夫卡传》，"如果我们再来看他母亲的前辈，就会见到截然不同的情形。这里有学者，耽于梦幻、喜欢孤独的人，还有一些人对孤独的这种热衷把他引向冒险、玄妙或怪僻、离群索居"。

具有某种卡夫卡气质,但是使这种气质活跃起来的,并非卡夫卡式的生命意志、创业雄心、征服愿望,而是洛维式的刺激,这种刺激在另一个方向上比较隐秘、虚怯地起作用,甚至常常戛然而止。你则是一个真正的卡夫卡,强壮、健康、食欲旺盛、声音洪亮、能说会道、自鸣得意、高人一等、坚韧沉着、有识人之明、相当慷慨,当然还有与这些优点相连的所有缺点与弱点,你的性情以及有时你的暴躁使你犯这些毛病。如果与菲力普叔叔、路德维希叔叔、海因里希叔叔相比,你在世界观上可能并非真正的卡夫卡。这很奇怪,对此我也想不大明白。他们全都比你快活爽朗、无拘无束、逍遥自在,不像你那么严厉(顺便说一句,这方面我继承了你不少,而且把这份遗产保管得太好了,但我的天性中缺乏你所具备的必要的平衡力)。另一方面,你在这点上也经历了不同时期,或许曾经很快乐,直到你的孩子们,尤其是我,让你失望,使你在家闷闷不乐(一来外人,你就是另一个样子),你现在可能又变得快乐了,因为孩子们——瓦莉可能除外——没能带给你的温暖,现在有外孙和女婿给你了。

总之,我俩截然不同,这种迥异使我们彼此构成威胁,如果设想一下,我这个缓慢成长的孩子与你这个成熟的男人将如何相处,就会以为你会一脚把我踩扁,踩得我化为乌有。这倒是没有发生,生命力是难以估量的,然而,发生的事可能比这还糟糕。在这里,我一再请你别忘了,我从不认为这是你那方面的错。你对我产生影响是不由自主的,只不过你不应当再认为,我被你的影响压垮了是因为我心存恶意。

我小时候很胆小,当然,既然是孩子,我肯定还很倔,母亲肯定也很溺爱我,可我不认为自己特别难调教,我不相信,一句和善的话、一次不动声色的引导、一个鼓励的眼神不能使我乖乖地顺从。你其实是个善良仁慈的人(下面所说的与这并不矛盾,我讲的只是你在孩子心目中的形象),但并非每个孩子都具有坚韧的耐心和无畏的勇气,都能一直寻觅,直至得到你的慈爱。你只可能按你自己被塑造的方式来塑造孩子,即通过力量、大叫大嚷和发脾气,这种方式之所以很合你的心意,还因为你想把我培养成一个强壮勇敢的男孩。

我现在当然无法直接描述你在我的生命之初所采用的教育方法,不过,从之后的情形以及你对待菲力科斯①的方式,我可以大致想象出来。尤其要考虑到的是,你那时更年轻,也就更精力充沛、更狂暴、更随心所欲、更肆无忌惮,而且,你整天为生意奔忙,一天也难得露一次面,因此,你给我留下的印象没有淡化为习以为常的事,而是深刻得多。

最初几年的事,只有一件我仍记忆犹新,你可能也还想得起。一天夜里,我老是哭哭啼

① 菲力科斯是卡夫卡的外甥,艾丽的儿子。

啼地要水，绝对不是因为口渴，大概既是为了怄气，也是想解闷儿。你严厉警告了我好几次都没能奏效，于是，你一把将我拽出被窝，拎到阳台上，让我就穿着睡衣，面向关着的门，一个人在那儿站了一会儿。我并不是说这样做不对，当时为了让我安静下来，可能确实别无他法，我不过是想借这件事说明你的教育方法以及它对我的影响。从这以后，我确实变乖了，可我心里有了创伤。要水喝这个举动虽然毫无意义，在我看来却也是理所当然的，然而结果是被拎出去，我无比惊骇，按自己的天性始终想不通这两者的关联。那之后好几年，这种想象老折磨着我，我总觉得，这个巨人，我的父亲，终极法庭，会无缘无故地走来，半夜三更一把将我拽出被窝，拎到阳台上，在他面前我就是这么渺小。

这在当时只是个小小的开端，然而，经常涌上我心头的这种渺小感（换个角度看，这却也不失为一种高尚和有益的感觉）来自你的影响。我原本需要些许鼓励，些许和善，我的路需要些许余地，你却把它堵死了，当然是出于好意，你认为我应当走另一条路。可我走不了别的路。比如，我敬礼和走正步的动作很标准时，你会鼓励我，而我并非当兵的料，要不然，我狼吞虎咽，边吃还边喝点啤酒时，或者我哼哼着自己也不懂的歌，学说你的口头禅时，你会鼓励我，可这一切与我的将来毫无关系。很说明问题的是，就连现在也只有当你自己被牵累，你的自我感觉被我破坏（例如我结婚的打算）或因我遭到破坏时（例如佩帕骂我），你才会真正鼓励我。这种时候你鼓励我，提醒我别忘了我的价值，指出我有资格做的事，把佩帕贬得一无是处。且不说按我现在的年岁，我已不为鼓励所动，关键是这种鼓励并非首先着眼于我，对我有什么用呢？

　　那时候，我在各方面都需要鼓励。单单你

的体魄就已把我压倒了。比如，我还记得我们经常一起在更衣间脱衣服的情景。我瘦削、羸弱、窄肩膀，你强壮、高大、宽肩膀。在更衣间里我已觉得自己很可怜了，不单单在你面前，在整个世界面前也是如此，因为你是我衡量万物的尺度。接着，我们走出更衣间，走到众人面前，我抓着你的手，一副小骨头架子，心惊胆战，光着脚站在木板上，怕水，学不会你的游泳动作，你好心好意地一再为我做示范，我却恨不得有地缝可钻，万分绝望，在这样的时刻，我各种各样的糟糕经历都融会到一起了。我觉得最好的情况是，你有时先脱了衣服，我独自待在更衣间里，可以尽量拖延当众出丑的时刻，直到你终于过来看是怎么回事，把我赶出更衣间。我很感激你，因为你似乎没有察觉我的窘迫，而且，我也为父亲的体魄感到骄傲。顺便说一句，我俩的这种差异至今仍然没有什么改变。

与这种差异相应的是你在精神上占有绝对的优势。你完全凭自己的本事干成了一番事业，因此，你无比相信自己的看法。这种情形我小时候就有所感觉，但没有我长大成人后感觉到的那么突出。现在你是坐在躺椅里主宰世界。你的观点正确，任何别的观点都是荒谬、偏激、疯癫、不正常的。你如此自信，根本不必前后一致，总是有理。有时，你对某件事毫无看法，因此，对这件事的任何看法必定都是错误的。比如，你可以骂捷克人，接着骂德国人，接着骂犹太人，不仅挑出某一点骂，而且方方面面全都骂，到头来，除你之外所有的人都被骂得体无完肤。在我眼里，你具有所有暴君都具备的神秘莫测，他们的正确靠的是他们本人的存在，而不是思索。至少我觉得是这样的。

在我面前，你居然果真常常是对的，谈话时当然如此——因为我俩几乎没有谈过话——生活中也是这样。这并不特别费解。我的所有思考都处在你的重压之下，我的想法与你的不一致时也是如此，而且尤其如此。所有看上去不依赖于你的想法从一开始就被你的贬斥压得很沉重；承受这样的评判，以致完整而连贯地阐明我的想法，都几乎是不可能的。我这里并不是指什么高深的思想，而是指小时候的任何一个小举动。只要孩子为某件事满心欢喜，一心念着它，回到家里说起这件事，得到的回答便是一声嘲讽的叹息，摇头，手指敲着桌子："我还见过更棒的呢"，或者"你已经跟我说过你的心事了"，或者"我可没这份闲心"，或者"可真是件大事"，或者"拿这去买点东西吧！"我当然不能要求含辛茹苦的你为孩子的每一件芝麻小事而兴高采烈。问题也不在这儿。问题在于你的逆反心理，你总是非得让孩子失望不可，而且，你所反对的事不断增多，你的逆反心理不断增强，最后成了习惯，即使你与我的看法相同，这样，孩子所感到的失望就并非日常生活的失望,由于它牵涉到你,而你是衡量万物的尺度,这种失望就使他一蹶不振了。对桩桩事的勇气、决心、信心、喜悦都坚持不到底,只要你反对或仅仅是料想你会反对;而差不多我所做的任何事,料想你都会反对的。

这不仅涉及想法本身,而且涉及人。只要我对某人稍有好感 —— 按我的性格,这种情形并不常发生 —— 你就会丝毫不顾及我的情感,不尊重我的判断,以斥责、诽谤、侮辱横加干涉。像德国的犹太演员洛维这样纯真可爱的人也因此而遭罪。你并不认识他,却将他比作甲虫,比喻的方式很可怕,我已忘了,只要谈到我喜欢的人,你随口就有狗和跳蚤之类的谚语①。我尤其记得这个演员,因为我当时对你的议论写下了这样的评语:"我的父亲之所以这样说我的朋友(此人他根本不认识),仅仅因为他是我的朋友。如果他将来指责我没孝心、忘恩

---

① 指谚语:"谁和狗躺在一块儿,起来时身上便有了跳蚤。"

负义,我就可以拿这来反驳他。"我始终想不明白,你怎么丝毫感觉不到你的话和你的评价会给我带来多大的痛苦和耻辱,似乎你对自己的威力一无所知。我肯定也经常说些让你伤心的话,但我总是意识到了对你的伤害,这让我心痛,可我忍不住要说出来,我说的时候就已经后悔了。你却毫无顾忌地恶语伤人,不为任何人感到歉疚,说的时候不会,说完之后也不会,你让人根本无法招架。

而你的全部教育都是如此。我想你具有教育天才;倘若被教育者是你这种类型的,你的教育一定很有好处;他会明白你的话的明智所在,不在乎其他方面,安心地照你的吩咐把事情完成。而我小时候,你对我的大声嚷嚷简直就是天条,我永志不忘,它们一直是我评判世界,首先是评判你本人的最重要的手段,而你根本经不起这种评判。由于我小时候大多是吃饭时与你在一起,你的大部分教诲便是用餐的规矩。桌上的饭菜必须吃光,不准谈论饭菜的好坏——你却经常抱怨饭菜难吃,称之为"猪食",是那"畜生"(厨娘)把它弄糟了。你食欲旺盛,喜欢吃得快,吃得热,狼吞虎咽,因此,孩子也必须赶紧吃,餐桌上死气沉沉,悄无声息,打破这寂静的只有你的规劝声"先吃饭,后说话",或"快点儿,快点儿,快点儿",或"你瞧,我早就吃完了"。不准咬碎骨头,你却可以。不准咂咂地啜醋,你却可以。切切要注意的是,面包必须切得整整齐齐,而你用滴着调味汁的刀切,就无所谓了。务必当心饭菜渣掉地上了,而你脚下掉的饭菜渣最多。吃饭时不准做别的事,你却修指甲,削铅笔,用牙签掏耳朵。父亲,请你理解我,这都是些鸡毛蒜皮的小事,它们之所以使我感到压抑,只是因为你,我心中衡量万物的尺度,自己并不遵守为我立的许多戒律。所以,世界在我眼里一分为三,一个是我这个奴隶的生活世界,其中布满了条条框框,这些法规是专为我制定的，可我，不知道为什么，总是无法完全符合这些法规，然后是第二个世界，它与我的世界有天渊之别，这就是你的生活世界，你一刻不停地统治着，发号施令，因命令不被遵循而动怒，最后是第三个世界，你我之外的所有人都幸福地生活在其中，不受任何命令和戒律约束的世界。我始终感到耻辱，要么服从你的命令，这是耻辱，因为只有我必须遵守它们；要么执拗，这也是耻辱，因为我怎么可以在你面前执拗；要么我达不到法规的要求，比如说因为我缺乏你的力量、你的胃口、你的敏捷，而在你看来，你所要求的都是我理所当然应当具备的；这便是最大的耻辱了。这些并不是孩提时的我思考出来的，而是感觉到的。

把我当时的处境与菲力科斯比较一下，可能就更清楚了。你对待他的方式也很类似，甚至采用一种特别严厉的教育手段，当他吃饭时的举止你看不顺眼时，你不仅会像当时对我那样说声"你是头蠢猪",还要加上一句"一个地道的赫尔曼",或"跟你爸一模一样"。然而对于菲力科斯,这或许——只能说是"或许"——确实没有造成很大的伤害,因为对他来说,你毕竟只是个他必须特别当心的外祖父,并非像你对于我那样意味着一切,而且,菲力科斯性格沉静,现在就已有种男子汉气概,雷鸣般的吼声可能会使他一时目瞪口呆,却不能让他长久地惟命是从,最重要的是,他较少和你在一起,还受其他人的影响,在他眼里,你亲切好玩,他可以从中选取他所喜欢的方面。而对于我,你可不是什么好玩的,我无从选择,我只能全盘接受。

对你的反对,我也不能提出任何异议,因为只要你不同意或只要某件事不是你首先提出来的,你就不可能心平气和地谈论它;你的专横容不得人们说起它。近几年,你说这是你的心绪烦躁症所致,可我觉得你从未与此截然不同,心绪烦躁症不过是你实行更严厉统治的一个手段，因为大家一想到这病，再大的异议肯定也不好说出来了。这当然不是指责，只是陈述一桩事实。比如说到奥特拉："根本没法跟她谈事儿，她一开口就凶神恶煞的。"你总是这样说，其实她压根儿没有凶神恶煞的；是你把事与人混为一谈了；是事情对你凶神恶煞的，你听也不听别人说什么，立即就下了定论；别人再说什么，只会使你火气更大，绝不可能说服你。然后你只会说："你爱怎么做就怎么做吧；随你怎么做，我可不管你；你已经长大了；我没有什么好规劝你的。"这些话都是用可怕而嘶哑的语气说出来的，带着愤怒和彻底的贬斥，现在我听到这语气没有小时候战栗得那么厉害了，这只是因为我已认识到我俩都很无助，这多少取代了童年时纯粹的负疚感。

我俩不可能平心静气地交谈，这还有一个其实很自然的后果：我连话都不会说了。即便情形不是这样，我恐怕也不会成为大演说家，不过，像一般人那样流畅地说话我总还是可以的吧。你早早就禁止我说话了，你警告我"不要顶嘴"，一边说一边举起手，这些都一直伴随着我成长。我在你面前说话——只要说到你的事，你总是滔滔不绝——断断续续，结结巴巴，就这样你还觉得我说得太多了，我终于哑口无言，开始时可能出于执拗，后来则是因为我在你面前既不会思考，也不会说话了。加之你是我的真正的教育者，这影响到了我的生活的各个方面。如果你认为我从来没有顺从过你，这真是让我啼笑皆非的谬见。你认为我"总是反着来"，并对此指责不断，可这的确不是我在你面前的准则。恰恰相反：我要是不那么顺从你，你肯定会对我满意得多。你的所有教育措施无一不中的；我一项也没能躲过；我成为现在这个样子，是（当然撇开先天条件及生活的影响不谈）你的教育和我的顺从的产物。尽管如此，这个产物让你很难堪,你下意识地拒绝承认这是你的教育的结果,原因就在于,你的手与我这块材料彼此格格不入。你说:"不要顶嘴!"试图以此使我心中惹你不快的反抗力沉默下来,这对我影响太大,我太听话,我就完全闭嘴了,在你面前噤若寒蝉,直到已离你很远,你的威力至少不能直接够到我时,我才敢有说有笑。你却还是不满意,觉得我又是在"反着来",其实这只是你的强大与我的羸弱所造成的必然后果。

你在教育时所用的言谈手段影响尤其深远,至少在我面前从未失灵过,这就是:咒骂、威吓、讽刺、狞笑以及——说来也怪——诉苦。

我想不起你曾直截了当地用脏话骂我。你也没有必要这样做,你有很多别的方式,在家,尤其是在店铺里谈话时,你随口骂人,骂人话铺天盖地,把小小年纪的我都快吓呆了,我没法不把这些话跟自己联系起来,因为你所咒骂的人肯定不比我差,你对他们肯定不会比对我更不满。这又是你的神秘的无辜和凛然不可侵犯之处,你随心所欲地骂人,却不仅谴责,而且禁止别人骂人。

你以威吓来加重咒骂,骂我时也是如此。让我胆战心惊的话比如:"我要把你像鱼一样撕碎。"尽管我知道,这只是说说而已(我小时候可并不明白这一点),这却几乎符合我对你的威力的想象,我想象中的你连这也做得到。你喊叫着绕桌子跑着逮人,也很可怕,你显然根本不想逮住,只是做出这个样子,最后是母亲做出救人的样子来搭救。孩子又一次觉得,是你的恩赐让他又捡了一条命,只要他活着,就时刻觉得他的生命是你功德无量的馈赠。还有就是,你威吓倘若不听从你,会有怎样的后果。如果我开始做某件你不喜欢的事,你威吓我说这事会失败,那么,由于我太敬重你的看法,失败就已在所难免了,即便这可能过一段时间才会出现。我丧失了自信心。我动摇不定,疑虑重重。我年龄越大,你可以用来证明我无能的材料也就越多;在某些方面,逐渐证明你确实是对的。我又要注意别断言说我这样完全是你造成的;你只是加重了原本的状况,但你加重得很厉害,因为你在我面前就是很强大的,而且你用上了全部威力。

你特别相信讽刺所产生的教育效果,讽刺也最适合表达你在我面前的优越感。你的警告通常是这样的:"你就不能那样做吗? 这对你恐怕太难了? 你当然没时间?"诸如此类。每提一个这样的问题,你就狞笑一声,一脸愠怒。被问的人还不知道自己做了错事,就已受到了一定程度的惩罚。如果被训斥者只是作为第三人称被提到,也很伤人,因为这样一来,他连直接被你骂都不配;你表面上在对母亲说话,实际上是说给坐在旁边的我听的,比如:"我们当然不能指望儿子先生这样。"等等。(然后有了对台戏,比如,只要母亲在,我不敢直接问你,后来习惯性地根本想不到这样做。孩子觉得通过坐在你身旁的母亲打听你的情况,危险就小多了,于是他问母亲:"父亲好吗?"这样就不怕惹出事来。)当然,我也有对你最尖刻的讽刺深表赞同的时候,即遭到讽刺的是别人时,比如艾丽,我与她有好几年关系一直很糟。几乎每顿饭都听到你说她,这让我大出了一口恶气,幸灾乐祸得很:"她非得坐得离饭桌十米远不可,这个胖丫头。"说完,你气势汹汹地坐在你的扶手椅里,面无表情,俨然一个愤怒的敌人,试图夸张地模仿她的坐姿,表示你对此多么反感。你老得重复类似的讽刺手段,而你由此所取得的实际效果何等微弱。我想,这是因为你的大发雷霆与事情本身显得不成比例,孩子不会觉得是"远离桌子坐"惹你生气的,而是你原本就有一肚子火,只是碰巧借这件事把火发出来。孩子深信,要找碴儿发火随时都能找到的,因此不是特别当心,而且,你的警告成了家常便饭，孩子也就觉得无所谓了；孩子逐渐拿准了一点，觉得不会挨打的。就这样，孩子变得阴沉、心不在焉、不听话、一心想着逃遁，大多是一种内心的逃遁。你痛苦，我们也痛苦。怪不得你咬紧牙关，喉咙里发出咕噜咕噜的笑声，这笑声使孩子头一次想象出了地狱的景象，你苦涩地说道（就像最近由于一封君士坦丁堡的来信）："这是一群混蛋！"从你的立场出发，你这样做完全正确。

　　与你对孩子的这种态度极不协调的是，你经常当众诉苦。我承认，我小时候（后来大概好些）对此无动于衷，而且不理解，你怎么竟会期望得到同情。你在任何方面都是巨人；你怎么会在乎我们的同情甚或帮助？对此，你心底里保准会嗤之以鼻，正如你常常瞧不起我们本人。因此，我不相信你的诉苦，想看看诉苦后面隐藏着什么意图。后来我才明白，你确实为儿女吃了很多苦，然而当时——在另外的情形下，诉苦可能会打动一颗坦率、无所顾虑、乐于助人的童心——在我眼里，这必定又不过是极其明显的教育和侮辱手段而已，手段本身并不很厉害，只是它的副作用很有害，使得孩子习惯于把应当严肃看待的事偏偏不怎么当回事儿。

　　幸运的是也有例外，这大多是你默默吃苦时，以爱与善的力量克服一切对立因素，直接拥有了爱与善。这种情形很罕见，却妙不可言。特别是以前当我看见：盛夏的中午，你在店铺里吃完饭后，疲惫地打个盹儿，胳膊肘支在桌子上；星期天，你精疲力竭地赶往我们所在的避暑地；母亲身患重病时，你紧紧抓住书箱，哭得浑身打颤；我上次生病时，你蹑手蹑脚地走到奥特拉的房间来看我，在门槛上站住了，伸长脖子看看躺在床上的我，怕打搅我，只挥挥手表示问候。每当这种时候，我便扑到床上，幸福得哭了起来，此刻我写到这儿时，眼泪又夺眶而出。

你的脸上也会绽出一种特别美丽、十分罕见的微笑，一种沉静、满意、赞许的微笑，你向谁这样一微笑，他就会深感幸福。我不记得你曾明确地对孩提时的我这样微笑过，不过多半有过，你当时怎么会吝啬向我微笑呢，因为我那时在你心里还是无辜的，还是你的厚望。顺便说一句，这种和善的印象久而久之只加重了我的内疚，使我感到世界更加不可理解。

我情愿去想我记得清清楚楚而且一贯发生的事。仅仅为了在你面前稍稍能站住脚，部分也是出于报复心理，我很快就开始观察、收集和夸大在你身上发现的小笑料。比如，你轻易就对表面显赫的人崇拜得五体投地，津津乐道某位宫廷枢密顾问之类的人物（另一方面，你，我的父亲，认为自己的价值需要这种一钱不值的认可，并到处炫耀，这使我感到很难过）。我还观察你爱说猥亵的话，而且说得震天响，边说边笑，仿佛妙语连珠，其实不过是平庸的猥亵之辞罢了（同时，这使我感到羞辱，因为这又是你的生命力的表露）。这种观察多种多样，不胜枚举；我为之而欣喜不已，我有理由在你背后窃窃私语、开玩笑了，你有时有所觉察，大为恼火，认为这是坏心眼、目无尊长，不过相信我吧，这对我来说无非是维护自我的一个手段而已，一个毫无成效的手段，这都是些玩笑，就像人们对神与国王开的玩笑，这样的玩笑不仅与最深的敬意相连，甚至本身就是敬意的表现。

与你在我面前的类似情形相应，你也试图反戈一击。你时常说，我过得好得不得了，大家对我真是太好了。这是对的，但我并不认为，在当时的情况下，这使我的状况大为改观了。

确实，母亲对我再好不过了，然而对我来说，这一切都与你相关，因而也就不是好事了。母亲无意识地扮演着狩猎时的围猎者角色。如果说你的教育使我心中充满了执拗、反感甚或憎恨，在某种可能性极小的情况下，我会因此变得独立，那么，母亲以她的慈爱、谆谆教诲（在我们纷乱的童年里，她就是理智的化身）、求情，又和上了稀泥，我就又被赶回你的圈子，否则我可能会冲出这个圈子，这对你对我或许都是件好事。要不就是，我俩并没有达成真正的和解，于是母亲只能背着你保护我，悄悄给我东西，应允我，结果，我在你面前又是鬼鬼祟祟的，又成了骗子，深感内疚，因为我太渺小，就连我自认为有权得到的东西也只能偷偷摸摸地取得。当然，我后来习惯了以这种方式寻求我自以为无权拥有的东西。这又加重了我的内疚。

确实，你没有真正打过我。可是你的叫嚷，你的涨得通红的脸，你急匆匆地解下裤子背带，把背带放在椅背上随时待用，对我来说比真打我更可怕。我就像行将被绞死的人。若是真被绞死，一死也就没事了。而他如果不得不亲眼看见被绞死的所有准备工作，一直到绳套已吊在面前了，才得知获赦，那他可能会为此痛苦一生。再说，你明确说过，我好多次都该挨打的，每次都因为你的恩赐而幸免，这又只会使我感到强烈的内疚。各方面我都对你有负疚感。

你一向指责我（单独对我说或者当着其他人的面，对于后一种情况我所感到的羞惭你毫无感觉，你的孩子的事总是公之于众的），说我靠你的劳动，不愁吃不愁穿，过得安逸、舒服又富足。我想起了一些话，这些话肯定已在我额头上刻下皱纹了，比如说："七岁时我就推着小推车走街串巷啦。""我们全得挤在一间屋子里睡。""有土豆吃我们就高兴得不得了。""我冬天没棉衣可穿，腿上好几年都是裂开的冻伤。""我小小年纪就得去皮赛克一家店铺当学徒了。""家里没有给过我一个子儿，连我当兵时也没给过，倒是我往家寄钱呢。""尽管如此，尽管如此，——在我心目中，父亲总是父亲。现在谁还懂这个！孩子们知道些什么呀！

一个也没吃过这种苦！现在的孩子有能明白这个的吗？"换一种情形，这些故事可能不失为极好的教育方式，它们会给孩子打气，鼓励他承受父亲曾经历过的艰辛与困苦。可这根本不是你的初衷，正是你的辛劳使我们的生活状况大为改观，像你一样以这种方式出类拔萃，这样的机会已经没有了。要创造这样的机会，就非得通过暴力和彻底叛逆，非得离家出走（前提是孩子能当机立断并有力量这样做，而且母亲那方面不用别的方式加以阻挠）。你却根本不愿这样，把这说成是忘恩负义、走极端、不听话、背叛、发疯。你一方面举例子、讲故事，使我们深感羞惭，恨不得这样做，另一方面对此严加禁止。比如说奥特拉的曲劳① 历险吧，撇开枝节问题不谈，你本应该感到欣喜的。她想去农村，而你就是来自农村的，她想劳动，想经历困苦，

---

① 曲劳是原德属波西米亚的一个小镇，奥特拉曾在此经营一个小田庄。

就像你曾承受的那样，她不愿坐享你的劳动成果，就像你也从未依赖过你的父亲。这些计划就那么可怕吗？那么违背你的例子和教诲吗？是的，奥特拉的计划以失败告终了，后来可能显得有些可笑，执行计划时搅得家里鸡犬不宁，她没有好好为父母着想。可这都是她的错吗？难道不也是她的处境造成的，尤其是因为你那么疏远她？难道她在店铺里的时候（你后来就想这样认为）与你不疏远，去了曲劳才与你疏远的吗？你难道不是绝对能（前提是你能克服自己）通过鼓励、建议和关心，也许甚至只要你肯容忍就行，使这次历险变成一件好事？

　　你讲完这些经历，总爱开个尖刻的玩笑，说我们过得太好了。这在某种意义上并非玩笑。你得奋斗才获取的东西，我们不费吹灰之力就从你手中得到了，但是，这场你早早就投入的生存斗争我们当然也不能幸免，我们要很迟，在成年人时才以孩子的力量进行这场斗争。我并不是说，我们的状况因此一定不如你的，毋宁说，二者恐怕不分轩轾（基本素质当然另当别论），我们所处的劣势就在于，我们不能像你那样炫耀自己的困苦，拿它来使人感到羞惭。我也不否认，我完全有可能好好享受、好好利用你伟大而辉煌的劳动所结出的硕果，并将它发扬光大，使你欣慰，然而，我们的疏远横亘其中。我可以享受你所给予的，可我享受时时刻感到的只是羞惭、疲惫、羸弱、内疚。因此，我对你只能有乞丐般的感激之情，无法以行动来回报。

整个这套教育的最直接的外在结果就是，只要稍微会使我想到你的事，我都避之惟恐不及。首当其冲的就是店铺。当它还是个沿街的小店时，尤其是在我的童年，它一定曾给我带来很多快乐，店里那么热闹，晚上灯火通明，总有可看可听的，还能不时地帮帮忙，显显身手，最主要的是欣赏你做生意的出众才干，看你怎样卖货，怎样跟顾客打交道，开玩笑，干劲十足，遇到麻烦事怎样当机立断等等；还有看你怎样包装或开箱，这都是值得一看的精彩戏，这一切绝对是不错的儿童课堂。可是，由于你的一言一行渐渐让我感到恐惧，而在我眼里，店铺跟你就是一回事，我觉得店铺也不再舒适了。店铺里有些事我起初觉得很自然，后来却使我感到痛苦、羞惭，特别是你对店员的态度。我不了解情况，或许大多数店铺里老板都是这样对待店员的（比如那家私人保险公司的情形确实差不多，我向经理提出辞呈，说是因为我受不了责骂，即便他根本不是在骂我；这不全是实情，却也不全是谎言；从小我就对这特别敏感，为之而痛苦），但孩提时的我并不在乎别的店是什么样的。我只听见并看见你在店铺里叫嚷、咒骂、发怒，我当时以为这样的情形满世界都是绝无仅有的。你不光咒骂，还有别的暴戾举动。比如，你发现有些货混放在其他货里了，一挥手就把这些货从桌子推到地下——你气得昏了头，只有这能稍稍为你开脱——店员就得重新拾起这些货。要不,你老是这样说一位患肺病的店员:"他早就该死了,这条病狗!"你称店员们是"领酬金的敌人",他们倒也是,不过,还没有等他们变成这样,我觉得你就已经是他们的"付酬金的敌人"了。在店铺里我也深刻体会到,你也可能做出不公正的事;从我自己身上我还不会这么快就察觉到这一点,因为我心里的内疚积得太重,我总觉得你是对的;而在店铺里,按照我孩童的观察——后来当然略有修正,不过改动并不太大——,为我们干活的都是陌生人,他们不得不生活在对你的无休止的恐惧中。我当然想得有些夸张,因为我马上就以为他们跟我一样很怕你。如果真是这样,他们可真是没法活了;然而他们是成年人,大多有着极其坚强的神经,只把你的咒骂当耳旁风,到头来,你因此吃的亏比他们大多了。我却受不了店铺,它总让我想起我与你的关系:撇开你的店主利益不谈，撇开你的统治欲不说，单单作为生意人，你就已远远胜于所有曾在你那儿当学徒的人，以至于他们的任何成绩都不能令你满意，就像我永远不能令你满意一样。因此，我必然站在店员一边，另外，由于我很胆小，不明白怎么能这样咒骂一个陌生人，所以，就为了我自己的安全，我也惴惴不安地试图使这些在我看来已被激怒的店员与你，与我们全家之间达成和解。要做到这一点，光是对店员采取一般的客气态度还不够，谦逊恭敬的举止也不行，我一定要低声下气，不仅得主动打招呼，还要尽可能不让他们回礼。即便我这个无足轻重的人舔他们的脚掌，仍然抵消不了你这个老爷对他们滥施的淫威。我与店员们形成的这种关系波及店铺之外，影响到了未来（类似的情形——不过没有我的那么危险和影响深远——比如奥特拉爱和穷人打交道，与女仆们坐在一块儿等等，这让你很恼火）。到后来，我简直怕起店铺来了,其实我还没上高级文科中学时,对此就早已不感兴趣了,上中学之后离它更远了。而且我觉得,我的那点本事根本应付不了它,因为如你所说,连你都为之殚精竭虑。我不热衷经商,不热衷你的事业,这让你很伤心,于是你(现在我为此既受感动,又深感羞愧)哄自己,说我缺乏经商的头脑,我脑子里有更高的思想,诸如此类。你的这个自欺欺人的解释,母亲听了当然很高兴,而我由于虚荣心作怪,加上身陷困境,也有些听信这种说法。然而,倘若真的仅仅或主要是因为"更高的思想"我才不愿经商(我现在,直到现在,才打心眼里真正厌恶经商),那么,这些思想必定已在其他方面表露出来了,我也就不会默默无闻、惴惴不安地读完文科高中,学完法学,最后在这公务员的办公桌前落脚。

我要想逃离你,就得逃离这个家,甚至逃离母亲。虽然在她那儿总能找到庇护,但这庇护始终牵连着你。她太爱你了，对你太忠心、太顺从了，因而在孩子的斗争中难以持久地成为一种独立的精神力量。这也是孩子的一种正确的直觉，因为随着年岁的增加，母亲更加依赖你了；当事情涉及她自己时，母亲总是温良而柔弱地维护着她那最低限度的独立，而且从不真正伤害你，随着年岁的增加，她却越来越——情感多于理智——全盘接受你对孩子们的看法和批评，在奥特拉这件麻烦事上尤其如此。当然，我们绝不能忘记，母亲在家中的角色是多么艰难，多么痛苦。她为店铺、为家务操劳，家中谁生了病，她就受加倍的煎熬，而最大的折磨莫过于，她夹在我们与你之间，苦不堪言。你一向对她很好很体贴，可是在这一点上，你和我们一样，都没有为她着想。我们都毫无顾忌地拿她当出气筒，你从你那边，我们从我们这边。这是一种排遣，我们并无恶意，只想着你与我们、我们与你进行的这场斗争，就对母亲发一通脾气。你——当然完全是无心的——因为我们而使她备受折磨，这对孩子也并非好的教育。这甚至像是为我们对她的原本不可原宥的态度做了辩解。她因为你受了我们多少苦，因为我们受了你多少苦，更不用说你有理时，她因为纵容我们而受的苦，即便这"纵容"有时不过是对你的那一套的不动声色、无意识的抗议罢了。母亲若不是从对我们大家的爱以及由爱而生的幸福感中汲取了力量，怎承受得了这一切？

妹妹们只在某些方面与我结成同盟。在与你的关系上，瓦莉是最幸运的。她最像母亲，也像母亲一样对你百依百顺，她没有付出多大辛劳，也没有受多少伤害。正因为她让你想到母亲，你也就比较和善地接受她了，尽管她身上缺乏卡夫卡气质。不过，或许正是这让你释怀；既然根本不具备卡夫卡的气质，即使你也强求不了，你也没有像对我们其他孩子那样，觉得她身上丢掉了什么，非得用暴力挽回不可。

况且，你对女人身上表现出的卡夫卡气质大概从来没有特别喜欢过。要不是我们其他孩子有所干扰，瓦莉与你的关系可能还会更好。

几乎完全冲破了你的圈子的只有艾丽。看她小时候的样子，我怎么也想不到会是她做到了这一点。她小时候是那么迟钝、疲倦、胆怯、懊恼、内疚、低声下气、恶毒、懒惰、馋嘴、吝啬，我一看见她就难受，和她说话更受不了，她总让我想到我自己，她处于相同的教育桎梏中，与我那么相似。特别令我厌恶的是她的吝啬，因为我的吝啬有过之无不及。吝啬是深刻的不幸的最可靠的标志之一；我对万事万物都毫无把握，我真正拥有的仅仅是我已抓在手里或含在口中的，或至少是我马上就要抓住嚼住的，而偏偏这样的东西，与我处境相似的她最爱从我这儿抢走。可这一切都变了，她小小年纪——这是最关键的——就离家了，结婚生子，她变得快乐、开朗、勇敢、慷慨、无私、乐观。令人难以置信的是，你对这么大的变化竟毫无察觉，反正你没有给予肯定，你对艾丽根深蒂固的恼怒竟让你对这一切视而不见，恼怒在根本上没有改变，只是现在很难再有发火的机会了，因为艾丽不再与我们住在一起，况且，你喜爱菲力科斯，对卡尔有好感，这份恼怒也就不那么重要了。只有盖尔蒂①有时还得因此吃苦头。

我几乎不敢提奥特拉，我知道，一写到她，很可能就会毁掉这封信的全部预期效果。一般情况下，也就是说只要她没有陷入特别的困境或危险中，你对她只有憎恨；你亲口对我说过，你认为她是存心老惹你伤心、生气，你在为她而痛苦，她却心满意足、兴高采烈。她简直就是魔鬼。你与她之间一定有很深的隔阂，比你我之间的还要大，否则怎么会有这么深的偏见。她离你很远，你看都看不见她，还没看见她，就认定她是个鬼怪。我承认，她特别让你头疼。

① 盖尔蒂是艾丽的女儿，卡尔是艾丽的丈夫。——译注

她的事错综复杂,我也没有看得很透彻,不过,她身上绝对有一种洛维的气质,并且是用最精良的卡夫卡式武器装备起来的。我俩之间并没有真正的斗争;我很快就被解决了;剩下的就是逃遁、一蹶不振、悲痛、内心冲突。你俩却一直剑拔弩张、斗志昂扬、干劲十足。这场面让我既惊叹又心痛。你俩最初一定还很亲密,因为一直到现在,我们这四个孩子中可能还是奥特拉最完美地表现了你与母亲的婚姻以及婚姻中结合在一起的力量。我不知道是什么夺走了你们父女之间的融洽和乐,自然就认为情形与我的差不多。你那边是你暴戾的个性,她那边是洛维式的执拗、敏感、正义感、躁动,而且这一切还因为意识到自己具备卡夫卡的力量而有恃无恐。我对她恐怕也不无影响,不过这并非我刻意为之,而只是由于她看到了我的生存状况。况且,她是最小的孩子,面对这业已形成的力量对比,可以对众多现成的例子做出自己的判断。我甚至想象得出,她心里曾徘徊过一段时间,不知该投入你的怀抱,还是成为你的敌人,你当时显然错失良机,把她赶了回去,而假若真有可能,你俩会成为极其融洽的一对的。即便我因此失去一个同盟者,但只要看见你俩和和乐乐,我也就得到了足够的补偿,而且,至少有一个孩子让你十分满意,你因此感到无比幸福,兴许还会出现对我很有利的转变。今天想来,这当然只是一场梦。奥特拉与父亲在感情上是不相通的,她不得不同我一样,独自寻觅自己的路,她比我乐观、自信、健康、无所顾忌,因此在你眼里,她比我更坏,更忘恩负义。这我明白;从你的角度来看,她只可能是这样的。她自己都能以你的眼光看自己,理解你的痛苦,并为此感到 —— 并非绝望,我才会绝望 —— 难过。与此似乎矛盾的是,你时常看见我俩凑在一块儿,窃窃私语,大笑,偶尔还听到我们谈论你。你觉得我俩是无耻的阴谋家。这样的阴谋家真稀奇。你向来是我们谈话的一个主题，正如我们的所思所想从来都围着你转，但我们坐在一块儿，确实不是为了想出对付你的招子，而是使尽浑身解数，或开玩笑或一本正经，怀着爱、执拗、愤怒、憎恶、顺从、内疚，使出全部智力和心力，一起细说我俩与你之间的这场可怕的诉讼，从每个细节、各个方面，借一切机会，远拉近扯，在这场诉讼中，你总是自诩为法官，其实你至少很大程度上（这里我姑妄言之，当然可能会有很多错）和我们一样，是同样羸弱、迷惘的一方。

一个从总体上看很说明你的教育效果的例子就是依尔玛。一方面，她是个外人，进你的店铺时已是成年人，与你之间主要是店员与老板的关系，因此只是部分地受你的影响，而且她已经到了能反抗的年龄；另一方面，她也是个亲戚，敬你这个叔父，你对她的威力就远远超出了一般老板的威力。她身体孱弱，却能干、伶俐、勤快、谦虚、可靠、无私、忠诚，爱你作叔父，敬你为老板，在这之前和之后她都很胜任其职，——即便如此，你还是认为她不是个优秀的店员。她在你面前——当然也是在我们的怂恿下——仿佛你的孩子，你的个性对她有那么大的改造力，以至于她身上（当然只是在你面前，但愿她没有因此深感痛苦）滋长了健忘、懈怠、辛酸的幽默，只要她能做到，可能甚至还有些执拗，且不说她当时体弱多病，本来就不很幸福，还肩负着沉重的家务。在我看来，你曾用一句话概括了你与她的关系，这句话对于我们已成经典，近于亵渎神明，不过恰恰证明了你待人的无辜："这个虔诚的家伙给我留下了一堆麻烦。"

　　我还能描绘出你的影响所及的其他圈子以及为反抗你的影响而进行的斗争，但说到这些，我就不那么言词确凿，就得虚构了。而且，你一向是离店铺和家庭越远，就越和善、好说话、客气、体贴、富于同情心（我说的也包括表面上），就像一个暴君,一旦越出了他的国土,就没有理由老是那么暴戾,与再低下的人相处也和蔼可亲了。比如在弗兰岑温泉拍的集体照上,你站在一群愁眉苦脸的小人物中,确实总是那么高大、兴高采烈,宛若一个巡游的国王。孩子们本来也能从中获益的,只是他们小时候就必须认识到这一点,但这是不可能的。比如我就不应当在某种程度上一直蜷居于你的影响的最内在、最严厉的紧箍咒里,而我实际上就是如此。

不仅如你所说,我因此失去了家庭观念,相反,我倒是有家庭观念的,不过这种观念主要是负面的,即从内心与你脱离(这当然永远不会终结)。而我与外人的关系可能更因你的影响而遭殃。假如你认为,我对外人充满爱心、忠心耿耿,为他们做一切事,对你和家人冷漠无情、忘恩负义,什么也不做,那你就完全错了。我可以重复第十次:即使没有你的影响,我多半也会是很羞怯胆小的,不过,还要经过一段漫长黑暗的路,才会到达我如今这个地步。(至此为止,我在这封信中有意避而不谈的事还比较少,从现在起,我却不得不避而不谈某些事,我要承认这些事——在你和我面前——还太难。我之所以这样说,为的是假若我的整体描述这里那里有些模糊,你别认为这是由于缺乏证据,其实是有证据,只不过它们会使描述鲜明得刺眼。很难描写得恰如其分。)这里只需回想一下以前的事就够了:我在你面前失去了自信,取而代之的是无穷无尽的内疚。(有一次,我回想起这种无穷无尽内疚心情,这样贴切地描写了某个人物:"他担心他死了羞耻还会留存。"[①])与其他人相处时,我不可能突然变成另一个人,对他们我反倒感到更深的内疚,因为正如我前面所说,我必须补偿你在店铺里——对此我也有责任——对他们所亏欠的。而且,只要是与我交往的人,你都当面或背地里颇有微词,我也

---

① 这句话类似长篇小说《审判》的最末一句。

得为此请他们多多包涵。你在店铺和家里教我对大多数人不要信任（你能说出一个对孩提时的我很重要、却未曾被你骂得体无完肤的人吗？），奇怪的是，这种不信任并没有使你心情特别沉重（你很坚强，有足够的承受力，况且，这其实可能仅仅是统治者的一个标志罢了），——在我这个小孩的眼里，没有任何事能印证这种不信任，因为我到处所见的都是出类拔萃的人，于是在我心中，这种不信任变成了我对自己的不信任，变成了对所有其他人的持续不断的恐惧。当我与他人交往时，总体上无法摆脱你的影响。你之所以会有这种误解，可能是因为，你其实对我与他人的交往一无所知，怀着猜疑和嫉妒（难道我否认过你是喜欢我的？）以为，我既然摈弃家庭生活，必定会在别处寻找补偿，我在外面毕竟不可能像在家一样生活。另外，在这方面，恰恰是对自己判断的怀疑，给了小时候的我一丝慰藉；我对自己说："你大惊小怪了，小孩总是这样的,把一丁点的事看成是了不得的例外。"可我后来见识愈来愈广后,连这丝慰藉也丧失殆尽了。

通过犹太教,我同样无法摆脱你的影响。这里原本可以指望解脱,而且不止于此,我俩可能通过犹太教发现彼此携手从那儿走出来。然而,我从你那儿得到的是什么样的犹太教啊!这些年来,我大致经历了三个过程。

小时候,我经常为去教堂不够勤,不过斋戒等等而自责,这与你的看法一致。我觉得这不是对自己,而是对你犯了过失,内疚感随时都会涌上心头。

后来,少年时的我不明白,你怎能以你对犹太教的走过场,责备我(哪怕是出于虔诚呢,你这样说)没有努力做出类似的样子。就我所见,这确实是在走过场,寻开心,甚至连寻开心都谈不上。你一年去四次教堂,在那儿并非郑重其事的教徒,倒更像无动于衷的人,你例行公事一般，耐心地念完祈祷文，有时居然能把祈祷书中正朗读到的地方指给我看，让我惊讶不已。此外，只要是在教堂里（这是主要的），我就可以随心所欲地四处闲逛。我哈欠连天，直打瞌睡，消磨那漫长的时辰（我想，后来只有在舞蹈课上我才觉得这样无聊），尽量拿那儿的几个小消遣来解闷，比如每当约柜①打开时，我总是想到了游艺靶场，在那儿如果打中一个黑靶，一扇柜门就会打开，只不过，从那里面出来的都是有趣的东西，这儿却老是破旧的无头娃娃。另外，我在教堂里总是惴惴不安，不仅因为要接触许多人，对此我自然感到害怕，还因为你有一次顺便提起，我也可能被叫到布道坛上诵经。我为此胆战心惊了好几年。除此以外，我在无聊中倒也不大受干扰，最多是因为坚信礼，这只要求可笑的背诵，也就成了一场可笑的成

---

① 约柜是犹太人保藏刻有摩西十诫的两块石板的木柜，石板状如无头娃娃。

绩考查,别的干扰就是涉及你的无关紧要的小意外,比如你被叫到布道坛上诵经,顺利通过了这一对我来说纯粹社会性的事件,或者参加安魂礼时,你留在教堂里,我被打发走,显然因为我是被打发走的,而且我缺乏任何深切的同情心,所以我渐渐地恍惚觉得,你们在搞什么不正经的名堂。——这就是在教堂里的情形,在家就更差劲了,只在谕越节头夜有宗教仪式,这也一年比一年更成了一场嘻嘻哈哈的闹剧,与孩子们的长大不无关系。(你为什么非得顺从这种影响呢?因为你是始作俑者。)这就是你传给我的教义,此外最多还有伸出的手,指着"百万富翁福克斯的儿子们",在盛大的节日,他们与父亲一起来到教堂。我不明白,对这样的教义,除了尽快把它忘得一干二净,还能有什么更好的做法;在我看来,忘得一干二净恰恰是最虔诚的举动。

再往后,我对此的看法又有了改变,我明

白了你为什么认为我在这方面也恶毒地背叛你。你从那个犹太人聚居的小村镇确实带来了些许犹太教，不很多，在城里和入伍时还失去了一些，尽管如此，年少时的印象和回忆还能勉强支撑起一种犹太教徒的生活，主要是因为你不大需要这种帮助，你生于一个相当强健的家族，宗教观念若没有与社会观念交相混杂，是不大会震撼你的。归根结底，主导你的生活的信念就是，你相信某一个犹太社会阶层的观念千真万确，由于这些观念就是你的性格的组成部分，其实也就是相信你自己了。这之中也还不乏犹太教，但要把它继续传给孩子就太少了，当你传授时，它就只剩下微不足道的一小团儿了。这一方面是因为年少时的印象无法传授，另一方面是由于你的性格令人畏惧。而且不可能使一个由于害怕而观察入微的孩子理解，你以犹太教的名义漫不经心地走的一些过场会有更高的意义：对你来说，这些过场是对过去时光的小小缅怀,因此你想把它们传给我,但由于它们自身对你不再具有价值,你就只能靠说服或威胁来做;这不仅毫无成效,而且因为你根本没有认识到你在这方面所处的弱势,你必定会对我的冥顽不化大为恼火。

整个这件事并非孤立的现象,过渡时期的这一代犹太人大部分与此类似,他们从相对虔诚的农村移居到城市;这是很自然的结果,却给我俩原本就冲突不断的关系又增添了一重痛苦的分歧。在这一点上,你应当像我一样相信你的无辜,并且通过你的性格和时代状况来解释这种无辜,而不是仅仅找客观借口,比如说你有太多别的事要做,别的心要操,无暇顾及这种事。你老爱以这种方式从解释自己确凿的无辜突然矛头一转,开始不公平地指责他人。要驳倒这种指责总是轻而易举的,在这方面也是如此。问题倒不在于,你应当给孩子们上某堂课,而在于你要生活中以身作则;假若你的犹太教更强大些,假若你所做的榜样更让人信服,这就是自然而然的,根本不算指责,不过是对你的指责的一种反驳。你最近读了弗兰克林的青年时期的回忆录。这本书我确实是有意给你读的,但并非像你所嘲讽的,是因为其中有一小段讲到了素食主义,而是因为书中所描写的作者与他父亲之间的关系,以及在这本为儿子而写的回忆录中自然流露出来的作者与他儿子之间的关系。书中的详情我在这里就不细述了。

我对你的犹太教所持的这种看法后来又得到了某种证实,即当你最近几年发现我比较热衷于犹太教时,你所表现出来的态度。由于你不问青红皂白,对我所做的任何事,尤其是我的兴趣一概很反感,在这件事上也是如此。尽管如此,我还是希望你的态度会稍稍不同于以往。这里涉及的犹太教毕竟是你的犹太教,也就是说我俩有可能由此建立起新关系。我不否认,你要是对这些事表现出兴趣的话,我反倒会对它们起疑心的。我并不是想宣称自己在这方面比你强。不过话说回来，我们还根本没有较量过呢。一经我的介绍，你就觉得犹太教很讨厌，犹太经书不堪一读，你一读就觉得"恶心"。——这可能是说，你坚持认为，只有你给孩提时的我传授的犹太教是惟一正确的，除此以外全都不行。然而，这种看法你是坚持不下去的。如果按照你的看法，那么"恶心"（姑且不说它首先不是冲着犹太教，而是冲着我来的）就只能说明，你不自觉地承认了你的犹太教和我所受的犹太教育是有缺陷的，你绝对不愿他人提醒你这一点，于是对所有的提醒报以公开的憎恨。另外，你对我的新犹太教如此强烈地加以否定，未免夸张了；首先，它包含着你的诅咒，其次，对于新犹太教的发展，人与人的基本关系起着决定性作用，对我来说也就是致命的作用。

你对我的写作以及你所不知的与此相关的

事所持的反感态度倒还有些道理。在写作中，我确实独立地离你远了一截，即便这有些让人想到虫子，它的后半截身子被一只脚踩着，它用前半截身子挣脱开，挣扎着爬向一边。我稍微舒坦些了，我舒了口气；你对我的写作当然也立即表示反感，这却破例地正中我下怀。你收到我的书时的反应我们已很熟悉："放床头柜上吧！"（我拿着书走进来时，你多半在打牌。）这虽然挫伤了我的虚荣心、好胜心，我听着倒觉得很舒服，不仅因为心中涌起的恶意，不仅为找到了一个新的证据——证明我对我俩关系的看法是正确的——而窃喜，而且出于更根本的原因，因为这话在我听来就像是："现在你自由了！"这当然是一种错觉，我并不自由，境况最佳时也还是不自由。我的写作都围绕着你，我写作时不过是在哭诉我无法扑在你的怀里哭诉的话。这是有意拖长的与你的诀别，只不过，这诀别虽是你逼出来的，却按我所确定的方向进行着。但这一切多么微不足道！之所以还值得一提，仅仅因为它发生在我的生活中了，若是出现在别人的生活中，恐怕根本就不会被觉察到，还因为它在我童年时作为预感，后来作为希望，再后来常常作为绝望主宰着我的生活，操纵着——可以说它又是你的化身——我的几个小决定。

比如职业的选择。毫无疑问，你以你的宽宏大度，甚至可以说耐心，在这方面给了我充分的自由。你这样做当然也是在遵照你奉为圭臬的犹太中产阶层普遍的教子方式，或者至少是这个阶层的价值观念。最后还有你对我的一种误解在起作用。你望子成龙，对我的生活实情并不了解，从我的羸弱做出推断，一直认为我特别勤奋。在你看来，我小时候学习学个不停，后来写作写个不停。其实根本不是这么回事。其实可以毫不夸张地说，我很少学习，什么也没学会；在这些年里，我凭着中等的记忆力、不算太糟的理解力把一些东西记在了脑子里，这没什么可奇怪的，总之，在表面上无忧无虑、平平静静的生活中，与我花费的时间与金钱相比，尤其是与我所认识的几乎所有人相比，我的知识整体，尤其是知识基础，极其薄弱。我的知识很薄弱，但我觉得这是可以理解的。自从我能思考时起，我就对精神的存在权忧心忡忡，对所有别的事都觉得无所谓了。在我们这儿的高级文科中学里，犹太学生往往很古怪，在他们那儿会见到最不可思议的情形，可我在别处再也没见过像我这样的无所谓，一个活在自己的世界里的孩子，对外界漠不关心，沉浸在胡思乱想中，他的无动于衷不加掩饰，不可摧毁，孩子般无助，近乎可笑，盲目地自鸣得意，可这也是惟一的庇护，以防恐惧和内疚引起神经错乱。我整天一心为自己担忧，我的担忧是各种各样的。比如为我的健康而担忧；这样那样的小病，消化不良、脱发、脊椎弯曲等等，动不动就会引起我的担心，这种担心无限地升级，终于以得一场真病告终。这一切是怎么回事？并非真正的身体疾病。由于我对什么都没有把握，对我的生存每时每刻都需要一种新的证实，没有什么是我真正拥有的，是确凿无疑、独属于我、明明确确由我来主宰的，我其实是个被剥夺了继承权的儿子，因此，我对最亲近的事物——自己的身体——也没有把握了；我早早就蹿得高高的，对这样的身高我却感到不知所措，脊背不堪重负变弯曲了；我简直不敢运动，更不敢做体操，我的身体一直很孱弱；对我还拥有的一切，我都惊讶不已，视之为奇迹，比如我的良好的消化系统；这一惊讶，我的消化系统就出问题了，什么样的疑病就都可能患上了，直到由于想结婚（我还会谈到这事的）而付出超常的艰辛，肺里出血，对这次出血，美泉宫①的住所——我之所以需要它，只是因为我以为我需

---

① 美泉宫，原为布拉格的一座贵族宫殿，后成为一家饭店，卡夫卡曾在那里住过。

要在那儿写作，所以在这里也提到它——可能是一大原因。这一切并非像你一向认为的那样，是因为工作太劳累。有好几年，我无病无恙、懒洋洋地躺在沙发上闲度的时间比你一辈子——包括你生病的时候——这样躺着的时间还长。当我急急忙忙地从你身边溜走时，多半是为了回自己的房间躺下歇会儿。我的全部劳动成果，不管是在办公室（在那儿，偷懒不大引人注意，况且我很胆小，不敢太过分了）还是在家的，都微乎其微，你要是通观一下，会大吃一惊的。我天性大概并不懒，但我无事可做。在我生活之处，我总是遭到抛弃、贬斥、压制，尽管我努力想逃往别处，但这份努力并非劳动，因为这是在做不可能的事，除了小小的例外，这是我力所不能及的。

就是在这种状况下，我获得了选择职业的自由。然而我真的还能运用这样的自由吗？难道我还相信自己能获得一份真正的职业吗？我的自我评价取决于你的程度远远大于任何别的因素，比如外在的成功。这种成功不过是片刻的强心剂罢了，而在另一边，你的砝码却总是往下拽我，力量强多了。我以为自己永远也通不过小学一年级，可我通过了，居然还得了奖学金；我想我绝对考不上高级文科中学，可我考上了；那么我在中学一年级保准会留级的，没有，我没有留级，而是一级级地升了上去。这并没有使我自信，相反，我始终确信——你不以为然的神情就是确凿的证据——我爬得越高，到头来必定跌得越惨。我脑海里常常浮现出老师们聚集一堂的可怕画面（高级文科中学不过是最突出的例子，我的生活中满是与此类似的情形），假使我通过了一年级，那就发生在二年级，假使我通过了二年级，那就发生在三年级，依此类推，老师们聚集一堂，以便调查这个独一无二、闻所未闻的事件，我这个最无能而且最无知的学生怎么竟溜到了这一级，现在我引起了大家的注意，他们当然会马上叫我滚蛋，以博得所有摆脱这个噩梦的正义者的欢呼。—— 一个老有这种想象的孩子活得可不轻松。在这种情形下，他怎么可能专心学习？谁还能在他心里击发出一丝兴趣的火花？功课对于我 —— 在这个关键的年龄，不仅功课，我周围的一切都是如此 —— 犹如银行的琐碎业务对于一个贪污犯，他还在那个职位上，作为职员仍然在处理银行业务，但他天天提心吊胆，时刻害怕被发现。与这件举足轻重的事相比，其他一切事都显得那么渺小，那么遥远。我就这样学下去，参加了中学毕业考试，我确实一部分是蒙混过了关，然后这一切戛然而止，现在我自由了。我在中学的高压政策下尚且只顾着为自己操心，更何况现在我自由了。我并不是没有真正的择业自由，我知道：与那件举足轻重的事相比，一切都像中学的所有课程一样无所谓，关键是找一份不太伤害我的虚荣心、能容许我持无所谓态度的职业。于是，学法律就是理所当然的了。由于虚荣心和无谓的希望作祟，我做了几次反向的小尝试，比如学了十四天的化学，学了半年的德语文学，这些尝试只使我更抱定了我的基本信念。于是我埋头学法律。这就是说，在考试之前的几个月里，我的神经绷得紧紧的，在我之前上千张嘴已咀嚼过的锯末就是我的精神食粮。而这在某种意义上还真的正合我的口味，正如之前的高级文科中学和后来的公务员职业，因为这一切完全符合我的处境。总之，我在这方面显示了惊人的预见力，小时候就已对大学及职业有了十分明晰的预感。我没有指望在这儿找到任何出路，在这方面我早已放弃了获救的希望。

而对婚姻的意义及可能性，我却几乎没有任何先见之明；我生活中的这件迄今为止最可怕的事几乎是突如其来地降临到了我头上。我成长得十分缓慢，这类事似乎离我远得很；偶尔才不得不想到它；而我始料未及的是，这里酝酿着一场持久的、决定性的，甚至最严酷的考验。实际上，结婚的打算成了最壮观、最有希望的摆脱你的尝试，当然与之相应，这一打算的未遂也是壮观的。

由于我在这方面事事不成，我担心现在也难以向你解释清楚我的屡次结婚打算。而这关系到整封信的成败，因为这些打算一方面积聚了我所有的积极力量，另一方面，我全部的消极力量恰恰也汹涌而至，这我已描述过了，它们是你的教育的副产品，即懦弱、缺乏自信、内疚，它们在我与结婚之间筑起了一道警戒线。我之所以很难解释清楚，还因为在许多个日日夜夜里，我已把这事的前前后后琢磨了无数遍，以至于现在一想起来就感到头晕目眩。由于我认为你对这事完全误解了，这才使我解释起来容易些；对完全的误解稍做修正，似乎不算太难。

你先是将屡次结婚未遂归入我的其他一系

列失败；我对此并没有异议，但前提是你接受以上我对失败所做的解释。它确实属于这一系列失败，但你低估了这事的意义，过分低估了，以至于我俩谈起它时，说的其实完全是两码事。我敢说，你一生中从未遇到过像结婚的打算对于我那样重大的事。我并不是说，你没有经历过大事，恰恰相反，你的生活比我的丰富得多，操心得多，紧迫得多，但也正因如此，你没有遇到过类似的事。这就好比一个人要登上五级矮台阶，另一个人只登一级，但这一级至少对他来说有那五级加起来那么高；头一个人不仅会登上这五级，而且还会登上成百成千级台阶，他的生活会过得伟大而艰辛，不过对他来说，他所登上的任何一级台阶都没有那一级台阶对于第二个人那样重要，那是他要登的第一个高高的台阶，他竭尽全力也登不上去，登不上去，当然也就无法越过它往前了。

　　结婚成家，生儿育女，在这个动荡不安的

世界上抚养儿女，甚至还加以引导，我坚信这是一个人所能达到的极限。乍一看，许多人似乎轻而易举地做到了，这并不足以引为反证，因为首先，真正做到的人为数并不多，其次，为数不多的成功者大多并非主动"为"之，这些事只是"发生"在他们身上了；这虽然不算那个极限，却也十分了不起，十分光荣了（尤其因为"为"与"发生"并非泾渭分明的）。话说回来，问题根本不在于这个极限，而只在于某种体面的遥相呼应；要取暖不必飞到太阳中心去，钻到地球上的一小块干净地方，阳光时不时地照进来就行了。

  我在这方面准备得怎么样呢？不能更糟了。这从我上面所讲的也就看得出来了。不过，只要对某事有了具体的直接准备，而且普遍的基本条件也创造出来了，你表面上倒没有干预许多。也只可能是这样，在这里起决定性作用的是两性之间普遍的等级、民族及时代观念。你还是有所干预，不很多，因为这种干预的前提只能是强烈的相互信任，而我俩在关键时刻一直缺乏这种信任，你的干预碰了钉子，因为我们的需求截然不同；震撼我的事，你肯定无动于衷，反之亦然，在你那儿无咎可取的事，在我这儿可能是一种罪过，反之亦然，对于你毫无后果的事，可能是我的棺材盖。

我记得有一天傍晚我同你和母亲一起散步，我们走到了今天的联邦银行附近的约瑟夫广场，我开始煞有介事、目中无人、骄傲、淡然（这是假的）、冷静（这是真的）、结结巴巴地 —— 我在你面前说话时大多如此 —— 讲一些趣事，责备你们没有教导过我，多亏我的同学们点醒了我，说我处于很大的危险边缘（我这样说，是以我的方式在大言不惭地撒谎，想显得很勇敢，因为我很胆小，除了城市孩子很寻常的床上过失，我并不知道"很大的危险"到底是怎么回事），最后我却暗示，所幸我现在已经全知道了，再也不需要什么提醒,没有任何问题了。不管怎样我说起这了,因为我觉得把它说出来心里就很高兴,其次也是出于好奇心,最后还为了报复你们一下。你按你的本性认为这很简单,你大概只说了这样几句话:你可以给我出个主意,我怎样才能毫无危险地办这种事。这样的回答可能正是我想从你口中套出来的话,这很符合我这样一个脑满肠肥、四体不勤、总在琢磨自己的孩子青春期的心理。但这几句话却深深伤害了我表面的羞耻心,或者说我认为自己深受伤害了,以至于我无法再违心地跟你谈下去,傲慢而粗暴地中断了谈话。

要评价你当时的回答并不是一件容易的事,它一方面坦率得惊人,在一定程度上有一种原始性,另一方面,就教导本身而言,却又有一种现代人的无所顾忌。我记不清我当时是多大,肯定不会比十六岁大多少。对于这个年纪的男孩,这的确是个很奇特的回答,而这竟是我从你那儿获得的第一个直接的、指导生活的教诲，这也说明了我俩之间的隔阂。这个教诲的真正含义当时就已深埋在我心里，然而很久以后，我才朦胧地意识到：你劝我做的事在你看来是天下最龌龊的事，在当时的我看来，也是如此。而你想尽量避免我身上带着秽物回家，这是次要的，你无非是想保护你自己，保护你的家。关键倒在于，你始终置身于你的劝告之外，你是一个结了婚的男人，一个纯洁的男人，超越于这种事之上；当时，很可能还因为我觉得婚姻也是有伤风化的事，这种感觉就更强烈了，我所听到的关于婚姻的泛泛之言不可能符合我父母的关系。你因此显得更纯洁、更高大了。而你在结婚前可能也曾给自己出过类似的主意，这是我根本无法设想的。这样，你身上简直就没有一丁点世俗的龌龊了。但你说出这几句赤裸裸的话，把我一脚踢进这龌龊里，仿佛我就是这种人。我不由得认为，倘若世界仅由你我组成，那么，世间的纯洁便随你而终，而依照你的建议，世间的龌龊便因我而生。你这样判定我，着实让我费解，对此我只能用古老的罪愆以及你对我最深的鄙视来解释。这种解释使我内心最深处又受了一记重创。

这可能也最清楚地表明了我们双方的无辜。甲按照自己的生活观念给了乙一个赤裸裸的建议，这个建议不太文雅，不过在当今的城市中已司空见惯，也许还能使健康免受损害。它在道德上没怎么给乙鼓气，但乙随着时间的流逝为什么就不能从这泥潭自拔呢，况且，他并不是非得听从这个建议不可，不管怎样，单单这个建议并不会导致乙的整个未来世界崩溃。而这种事真的发生了，仅仅因为你就是甲，我就是乙。

我对这种双方的无辜之所以看得特别透，也是因为大约二十年后，在完全不同的情形下，我俩之间又发生了一次相似的冲突，冲突说起来很可怕,其实倒比上一次带来的伤害小多了,因为我已三十六岁了,还会受什么伤害呢。我指的是我俩的那次小口角,那是在我宣布了最近一次结婚打算后的那几天不平静的日子里。你大致是这样对我说的:"她多半是穿了件特别的衬衣,布拉格的犹太女人们就会来这一套,你一见这衬衣,自然就决定娶她了。而且越快越好,一星期后,明天,今天。我弄不懂你,你是个成年人了,生活在城市里,难道就没有别的办法,只能随便找一个就马上结婚?没有别的可能性吗?你要是害怕,我就亲自陪你去。"你讲得比这更具体、更清楚,但我已记不得细节了,当时可能一下子懵了,倒更留意母亲的反应,她虽然完全以你的看法为是,却从桌上拿起什么东西,走出了房间。

你从未说过这样羞辱我的话,也从未这么明显地表露出对我的鄙视。你二十年前对我说的那些话与此相似,不过从你的角度甚至能从中看出你对早熟的城市少年的某种尊重,你认为已经可以将他径直引入生活了。而现在,你一想到这,可能只会更鄙视我,因为这个当时就要起跑的少年一直停留在起跑线上,你觉得他没有增长任何经验,这二十年越过越糟了。对你来说,我对女孩的选择完全是扯淡。你一向(无意识地)压制我的决断力,现在却(无意识地)认为知道了决断力对于我多么重要。你对我在别的方向上所做的解脱努力一无所知,因此也根本不了解我为什么想结婚,只能揣测,于是按照你对我的总体评价,往最恶心、最粗俗、最可笑的地方猜。你毫不犹豫就这样对我讲了。在你看来,我的结婚将会辱没你的名声,与此相比,这话给我带来的耻辱根本算不了什么。

　　一提到我的结婚打算,你就有话可说了,你也确实这样说了:你没法尊重我的决定,我与F.两次订婚,又两次解除婚约,使得你和母亲白跑两趟,来柏林参加订婚,等等。这一切都是实情，但原因何在？

两次结婚打算的基本想法都很正当：我想成家，想变得独立。这个想法你很赞同，但它在现实中破灭了，就像儿童游戏里，一个人一边抓着甚至紧按着另一个人的手，一边喊道："你走啊，走啊，你干吗不走？"而我俩的情形复杂就复杂在，你从来都是真心实意地说着"你走啊"，但你以你的性格从来都是阻止我，或者说得确切些，从来都是抑制我这样做。

这两个女孩的选择虽然出于偶然，却是精选细挑的。你竟以为像我这样谨小慎微、优柔寡断、疑虑重重的人会因为喜欢一件衬衣而心血来潮要结婚，这说明你又完全误解我了。假使成了的话，两次婚姻更多倒是理智的结合，可以表明这一点的是，我第一次曾数年之久，第二次曾一连数月，日日夜夜冥思苦想结婚计划。

这两个女孩没有让我失望，是我让她们失望了。我现在对她们的看法与我当初想娶她们时的看法完全相同。

我在第二次打算结婚时也不是忘了前车之鉴，轻率为之。两次的情形截然不同，第二次本来就希望大得多，而且做第二次打算时，先前的经验恰恰给了我希望。细节我在这里就不想谈了。

那我为什么没有结婚呢？个别障碍是谁都会遇到的，生活就是越过这些障碍嘛。可惜根本性的、与个别情况无关的障碍却在于，我精神上显然没有能力结婚。这表现在，自从决定结婚的那一刻起，我就再也睡不着觉，脑袋白天黑夜都发烫，我没法再过日子，绝望地四处晃荡。这其实并非忧虑所致，尽管我的疑虑重重和迂腐也引来了无数忧虑，但这并非关键所在，它们只是像虫子一样将尸体打扫干净，关键的打击则来自别的方面。这就是恐惧、懦弱、自卑所造成的巨大压力。

我想做进一步的解释：在结婚这个问题上，

我与你的关系中表面对立的两个方面碰撞在一起了,这种碰撞比任何时候都猛烈。结婚绝对能保障最大限度的自我解放和独立。我要是有一个家——成家在我看来是一个人所能达到的极限,也就是你所达到的极限——,那我就跟你平起平坐了,所有耻辱与暴戾,不管是过去的还是新出现的,就都成了历史。这简直恍若童话,然而问题也就在这儿。这个童话太美了,这么美是不可能的。这就像一个被囚禁的人,他不仅想逃出去——这可能还能实现——而且想同时把囚牢改建为一座供自己居住的逍遥宫。而他逃掉的话就不能改建,改建的话就不能逃掉。我若想在与你所处的这种特殊的不幸关系中变得独立,就必须做一些与你尽可能无关的事;结婚虽是最了不起的事,它会带来最体面的独立,但它同时也与你有着最紧密的联系。因此,想从这里逃出去就成了痴人说梦,几乎任何努力都会随即受到惩罚。

也正是这种与你的紧密联系在一定程度上使我渴望结婚。这样我俩就会平起平坐，这种平等关系你是最能理解的，我把这想象得十分美妙，因为结婚以后，我可能会变成一个自由、知恩图报、无辜、堂堂正正的儿子，你可能会变成一个不沉重、不暴戾、善解人意、心满意足的父亲。然而，要达到这个目标，一切往事都必须一笔勾销，也就是说，必须把我们自己抹掉。

而以我们现在这种情形看，婚姻对于我是块禁地，因为它恰恰是非你莫属的地盘。有时我觉得这就像一张铺展开的世界地图，你舒展四肢横卧在上面。于是我觉得，只有在你没盖住或鞭长莫及的地方，才可能有我的生活。根据我对你的身躯之高大的想象，这样的领域寥寥无几，不能给我多大慰藉，而婚姻尤其不在此列。

这个比喻已经证明，我绝对不是说，是你本身的婚姻例子将我赶出了婚姻，就像赶出了生意场一样。完全相反,尽管情形依稀有些相似。在我看来,你们的婚姻在许多方面 —— 即忠诚、互助、子女数量 —— 都堪称典范,即便孩子们长大,越来越搅乱了家中的安宁,婚姻本身却丝毫没有受到伤害。或许正是这个典范也使我对婚姻充满了向往;至于对婚姻的渴求不能化为行动,这是有其他原因的。这就是你与孩子们的关系,整个这封信谈的就是这种关系。

有一种观点认为,人们害怕结婚有时是因为担心自己的孩子们有朝一日会一报还一报,报复自己对父母曾作的孽。我想这对我并没有造成很大的影响,因为我的内疚其实是因你而生的,而且也太独特了,对这种独特的意识也正是我的痛苦所在,不可想象还会有与我相同的情形。不过我得承认,我要有一个如此沉默、迟钝、乏味、颓废的儿子,我也忍受不了,如果没有别的可能性,我恐怕会逃得离他远远的,移居国外,就像你因为我要结婚也想这样做一样。我没有能力结婚,可能也是受了这种影响。

在这件事上,远比这重要的是我对自己的担忧。是这么一回事:我已经提到过,我通过写作以及与此相关的事为争取独立、争取逃离做过些许努力,效果微乎其微,这些努力难以为继,这一点很多方面已向我证实了。尽管如此,我的义务甚或可以说我的生活就在于保护这些努力,不给任何我能排除的危险以可乘之机。而婚姻就可能招致这种危险,当然也可能带来最大的促进,但对我来说,它主要是可能带来危险,这就够了。假若婚姻真是一个危险,我该怎么办呢!假若我婚后感觉到这种危险,那婚姻生活我还怎能过下去!这感觉也许无法证明,然而绝对不可辩驳。面对这种局面,我可能会徘徊,但最终的结局是肯定的,我必须放弃。手中的麻雀与檐上的鸽子①,这个比喻不大切合我的情形。我手中一无所有,檐上应有尽

---

① 指谚语:"垂涎檐上的鸽子,不如握紧手中的麻雀。"

有，我却不得不选择 —— 这是斗争形势以及生活困境所决定的 —— 一无所有。在职业上我也不得不做出类似的选择。

而最重要的婚姻障碍却在于，我已根深蒂固地坚信，要抚养家庭，甚至仅仅是维持家庭，就必须具备我在你身上所看到的一切品性，优点缺点都不可缺，就像它们在你身上融为一体一样：强壮、对他人嗤之以鼻、健康、肆无忌惮、能言善辩、不随和、自信、对任何人都不满、优越感、专横暴戾、世故、不信任大多数人，另外也有绝对的优点，比如勤劳、坚韧、沉着、无畏。相比之下，我什么都不具备，要有也只是一星半点的，我明明看见就连你在婚姻中都步履维艰，对孩子们甚至束手无策，我这样就敢结婚吗？这个问题我自然没有明确向自己提出来过，也没有明确回答过，否则通常思维就会占上风，提醒我还有不同于你的男人（就近举出一个与你迥然不同的人来：理查德舅舅），他们也结婚了,起码没有被婚姻压垮,这就很说明问题,足以安慰我了。但我并没有提出这个问题,而是从小就在体验着它。不是面对婚姻时我才开始审视自己,而是面对每件小事时;正如我前面已试图描述的,在每件小事上,你都以你的例子和教育使我确信我很无能,既然每件小事都是一个印证,都证明你是对的,那么,这件重大的事 —— 婚姻 —— 当然必定更会证明你的绝对正确。直到打算结婚前,我的成长就像一个商人,他虽然忧心忡忡,感觉前景渺茫,却并不仔仔细细地记账,而是糊里糊涂地过日子。他有一些小赢利,物以稀为贵,他就在想象中不住地陶醉于这些赢利并加以夸大,此外就只有天天不断的亏损了。这一切都上了账,但从未结算过。而现在,也就是打算结婚时,就必须结账了。这里所记下的数目之庞大,简直让人不相信还曾有过小赢利,全部账目就是一笔大债务。现在要是结婚,那不是非发疯不可吗!

这就是迄今为止我与你共度的生活,其中蕴含着怎样的前景呢?

你听我讲明了怕你的原因之后,可能会回答道:"你说,我把我俩的关系说成是你的错,这样我就轻松了,我却认为,你虽然表面上在做努力,其实至少没有因为这个关系而感到心里更沉重,反而觉得大受裨益。一开始,你也矢口否认自己有任何过错和责任,在这一点上我俩的做法是一样的。然而接下来,我直言不讳、想啥说啥,把过错都推到你身上,你却想既'绝顶聪明'又'绝顶温柔',也为我开脱所有的过错。当然,后一点你只是表面上做到了(更多的你也并不想做),你的'说法'五花八门,什么性格、天性、对立、无可奈何,这封信的字里行间却分明是在说,其实我是攻击者,而你所做的一切不过是自卫而已。现在,你已经通过你的虚伪达到目的了,因为你证明了三点,第一，你是无辜的，第二，过错在我，第三，你完全出于宽宏大量，不仅愿意原谅我，而且或多或少也还想证明并使自己相信，我——这当然不符合实情——也是无辜的。这样你该满意了吧，可你还嫌不够。你是打好了主意要完全靠我生活的。我承认，我俩互相斗争着，不过斗争也分两种。一种是骑士的斗争，独立的双方在相互较量，各自为政，输得光明磊落，赢得正正当当。另一种是甲虫的斗争，甲虫不仅蜇刺，还吸血以维持生命。这是真正的职业斗士，而你就是这样的斗士。你缺乏生活能力；为了让自己过得舒舒服服、无忧无虑，而且不必自责，你就证明，是我夺走了你所有的生活能力并把它装进了我的口袋。你现在用不着为缺乏生活能力而发愁了，责任都在我，你尽可以心安理得地仰八叉躺着，身体和精神上都让我拖着过日子。举个例子：你最近想结婚，同时又不想结婚，这你在信里也承认了，你自己怕麻烦,就希望我帮你下这个台,即我因为考虑到这一结合会'玷辱'我的名声而不准你结婚。我当时却根本没有这种念头。首先,在这事上和其他事上一样,我从来不想成为'你幸福的绊脚石',其次,我从来不愿听到我的孩子这样指责我。我克制自己,结婚与否随你自便,可这有什么用呢?毫无用处。即使我不赞成,也阻止不了你结婚,相反,这倒会刺激你娶这个女孩,因为这样的话,'逃离的努力'——你是这样说的——就尽善尽美了。我允许你结婚,这也避免不了你的指责,因为你在证明,你不结婚无论如何都是我的错。实际上,你通过这事以及所有其他事无非是向我证明,我的一切指责都是对的,而且,其中还少了一个特别正确的指责,这就是指责你虚伪,为恋爱卑躬屈膝,是个寄生虫。如果我没怎么看错,你写这封信也还是为了当我的寄生虫。"

我对此的回答是,首先,这番驳斥——部

分地也可以用来驳斥你——并非你所说的，而是我的杜撰。就连你对他人的不信任也没有我的不自信——这是你教育的结果——那么强烈。我不否认这番驳斥有一定道理，它也为描述我俩的关系增添了新的内容。而在现实中，事情当然不可能像这封信所举的例子一样协调一致，因为生活不只是一场锻炼耐性的游戏；但是，这番驳斥会导致某种修正——我不能也不愿细述这种修正——，在我看来，这就达到了某种十分接近于真理的认识，这样，我俩都会变得平和一些，生与死都会轻松一些。

弗兰茨

于舍勒森

（1915）

杨劲 译

Franz Kafka